あきない

にしたけし

あきない　目次

第1章

あきないは　常住不断
世の中に　人の数ほど　タテとヨコ糸

誰もが、昇進するごとに、大きめの机と椅子を与えられ、高揚感と役職の重圧感と孤独感に包まれるものです。

たたき上げの古参でも、修士課程修了の幹部候補生でも、上級幹部職に就くことは、ひとしく人生の成功者の一歩を歩き始める自覚が自ずと芽生えるものです。

成功者への道は、漆黒の闇の中に勇気をもって第一歩を踏み出す覚悟を固めることから始まるのです。決して焦らず、ゆっくりと足の裏を地面につけてかかとを上げずに第一歩をすり足で踏み出す歩き方です。風に煽られる高木を傍目に見ながら、一足一足の歩幅を小さくして踏み越さないことです。

取締役となり企業秘書がつくと、いままでとは違った日常が待っていて、その自覚は、成功者としての自信になります。常務、専務、副社長の階段を上ると、そこには、自分一人だけの力では到達することができない壁が立ちはだかるのです。会社の重責を担い、険しい馬の背道を幾千里歩こうとも、それらは社長室の主となることとは全く次元が異なるのです。

広々とした特別に誂（あつら）えた部屋であろうと、気配りの行き届いた趣のある部屋であろうと、パネルで仕切られた粗末な仮部屋であろうと、社長室とは特別な異次元の空間なのです。

社長とは、万民の下僕であり、社会の奉仕者であり、商道の実践者でなくてはならないのです。

初めて「社長」と呼ばれた瞬間から社長職を辞すまで、天空に輝く星もなく、地上に足元を照らす明かりもなく、一人不毛の荒野に立ち尽くす定めなのです。

誰よりも早く起床し、誰よりも遅く就寝し、人知れず修行を積み重ねることが、唯一無二の社長の職務なのです。

　商いの道とは、重き銭を天秤棒で担いで「けもの道」を歩き続けるような厳しい道であり、ひとたび気を緩めると銭の重さで足元を滑らせ、瞬きする間に覇道に飲み込まれてしまうのです。身の丈以上の笹に覆われた「けもの道」を歩くには、踏み込む足が強すぎても弱すぎても笹に足を絡まれてしまい、身動きが取れなくなるのです。

　ひとたび商いの道をめざし歩み始めると、そこには賢者も愚者もいないことに気づかされます。金銀銅の重さの違いもないことにも気づかされます。唯一あるのは、商売の神様が足に履くわらじと化し、身体を支える杖と化し、商いの道を歩き続ける者に降り立たれ寄り添われることです。

　戦後復興期から50年の間に、景気循環は14回繰り返されています。好景気であっても、不景気であっても、あきないは川の流れのように、緩急はあるものの、人に寄り添い、人と共に歩き続けるものなのです。そして、会社には景気循環が起きるたびに命を賭して立ち向かう人がいます。社長と呼ばれている人たちです。

　机が一つだけの「一人会社」の社長には、特別な社長室も、間仕切りされた仮の社長室もないのです。社長室そのものが存在しないのです。起業家と呼ばれる人たちの中には「一人会社」を設立し、間借りの部屋で、机に電話を置いて創業した社長も

います。起業したばかりの「一人会社」の社長であろうとも、社長と名乗った瞬間から、社長と呼ばれた時から、命を削る日々の連続なのです。

　一人の具現者（道辺路傍）を通しての「あきないとは」との問いかけに、みなさまに耳目を傾けて頂ければ、幸いでございます。

　よろしくお願い申し上げます。

　有限会社道辺商事は、1986年（昭和61年）の春に名古屋市で道辺路傍が将来のフォークリフトの海外輸出を夢見て「一人会社」として法人登記した会社でした。看板もなく、潤沢な資金もなく、日陰の三畳一間に机が一つだけの、気持ちだけで突き進んだ、無防備の「一人会社」でした。

　道辺が選んだのは中古フォークリフトの情報を売り歩くブローカーの仕事でした。建機でもフォークリフトでもトラックでも、中古と名がつけば現金決済が当たり前の世界で、幸いなことに、手持ち資金が少額の道辺にも、中古のフォークリフトの買付金額によっては商いが可能でした。

　商いの実績のない道辺には、スポンサーは誰一人としてありませんでした。それ故、たとえ大きな利益が確実に見込まれるものであっても、道辺は自己資金をはみ出す商いは避けざるを得ませんでした。道辺が金融機関からお金を借りて、大きな取引に手を伸ばすことはできなかったのです。身の丈に合った道

辺の手堅い仕事ぶりは、次第に道辺の取引の「手順」を作って
いったのです。それは取引がマイナスになることを受け入れる
ことでした。ブローカーとして上手に世渡りすることより、貧
乏くじを引くことを選んだのでした。

　道辺商事の手持ち資金が 200 万から 600 万になった頃から
道辺の気持ちに余裕が生まれたのでした。

　道辺はブローカーとしての活動を東は浜松、西は琵琶湖、北
は福井までの、名古屋市から半径 100km 範囲内のエリアに限
定して、それより遠方は日程の調整が難しいことを理由に参入
しないことを決めたのでした。結果として、道辺は丸一日かか
る出張仕事から解放され、事務所を一日中空けることはなく
なったのでした。毎日、事務所の机に向かう時間ができたこと
で、昨日、今日、明日の仕事が単発仕事で終わらなくて、一つ
の線としてつながって、自分を見つめる時間が持てるように
なったのでした。

　毎週、火曜日の午前と、木曜日の午後、ジェトロ（JETRO）
日本貿易振興機構（Japan External Trade Organization）に
出向いて、JAPANESE USED FORKLIFT の海外からの引き合
い（Inquiries）を調べて、道辺商事の紹介の手紙をエアメー
ルするのが道辺の密かな楽しみとなったのでした。

　中古のフォークリフトの在庫が一台もない道辺商事の、まる
で「絵に描いた餅」を売り歩くような現実味のない売り込み話
には、商売につながる引き合いが海外から舞い込んでくること
はありませんでした。たとえ郵便受けが空であっても、異国か

らのエアメールに思いをはせ郵便受けを開ける瞬間が、道辺にとっては、かけがえのないものになっていました。いつかは、取引の仲介を生業とするブローカーを卒業して、自分で輸出を始める商社の夢を持ち続けることへの心の支えにもなっていたのでした。

　僅かな光が道辺の一隅を微かに照らし始めたのです。

　「フォークリフト（FORKLIFT）の歴史は、1920年頃にアメリカのCLARK（クラーク）社が開発した産業車両で、2本のFORK（フォーク）で重量物を垂直に持ち上げる単純なものです。フォーク（FORK）とは、鉄板を鍛造と圧延を繰り返して強度と粘度を引き上げたもので、2本の特殊鉄板をパレットに差し込めるように長さ、幅、厚さをL字に加工したものです。

　リフト（LIFT）とは、持ち上げる動き（LIFTING）を指し示していたのです。車が地上を走るように、飛行機が空を飛ぶように、船が海上を滑るように、フォークリフトの考え方はフォークリフトの歴史が始まってから幾度となく改善と改良を重ね飛躍的に完成度が向上しましたが、FORK & LIFT の基礎的な考えと物流現場での役割は今日まで不変です」

　「日本のフォークリフトの歴史は、1950年頃に東洋運搬機製造（ブランド名「TCM」）が開発製造したフォークリフトが国産第1号車です。豊田自動織機でフォークリフトの開発製

造がスタートしたのは TCM の 1 号機から数年後です」

　1960 年代当時のことに言葉を向けると、その時代を経験してきた人たちからは、決まったように同じような自慢話が返ってきたものでした。

　「当時は、村の鍛冶屋をやっていまして、今で言うところの『便利屋』でした。機械が好きで、自動車もマツダの三輪トラックからですよ。フロントドライブでないので坂道をまっすぐには登らなくって、坂道を降りるときはサスペンションの効きが悪くて荷台の荷物は『祭り騒ぎ』で大変でしたが、若いころは車の運転手が憧れの的でした。『車』と名がつけば、どんな車でも夢中になったもので、田舎の隅々まで、若者の関心は『スピード狂』一途の時代でした」

　「機械いじりが趣味だったのが高じて、三輪トラックの修理もできるようになって村では重宝されました」

　「農家からフォークリフトの修理を頼まれて、フォークリフトの分解図面もフォークリフトの修理指南書であるリペアマミュアルもないままに、自動車の修理経験を頼りに悪戦苦闘したことが、今もって懐かしいです」

　「あの時代は、『鉱石ラジオ』『深夜放送』『洋楽』が三種の神器でして『ヨコモジ』に、恥ずかしながら、密かな憧れを抱いていました」

　道辺は「洋モク」とも「洋酒」とも無縁でしたが、車座対

話の中に入ってフォークリフトの昔話を聞いているのが心地よくて、何度か車座対話を聞いているうちに中古のフォークリフトを扱っている人たちから気軽に声をかけてもらえるようになっていました。

　ある日、一本の電話が道辺に商運をもたらしたのでした。
　「外国人が飛び込みで中古フォークリフトを買いに来ていて、リフト置き場でリフトを下見している最中でして。こちらから車でお迎えに参りますので通訳をお願いできますか」
　「どなたかからのご紹介でしょうか」
　「羽島リフトの羽島社長から道辺さまのことを紹介して頂きました」
　「羽島社長には大変お世話になっていますので、お役に立てるか分かりませんが、よろしくお願いします」
　羽島社長は天下布武で名の知れた岐阜地方の車座対話の座長的存在で、道辺が車座対話の話を聞いているうちに共感を覚え、心を動かされた一人でした。剣道の道を研鑽され、折り目正しい孤高の人でした。
　道辺は羽島社長と話を重ねるたびに羽島社長の折り目正しさに惹かれ、心の広さと優しさを羽島社長の言葉の節々と眼差しから感じとることができ、羽島社長から薫陶を受ける我が身を、道辺は「自分は幸せ者」だと感じていたのでした。
　道辺が何度か通訳を無事にこなすと、同じ仕事を別の業者からも依頼されるようになり、最初の人助けが半ば仕事として定

着したのでした。追い風として、中古フォークリフト業者が商社を通さないで直接輸出する「直貿」が流行はじめ、道辺は輸出書類まで扱う代行業務も委託されるようになっていました。

　そして、ある日、一本の電話が道辺に開運をもたらしたのです。

　「電話での、ご無礼をお許しください。道辺さまのお人柄は羽島社長からお伺いしています。一度お目にかかりたいと思っていましたが、それも果たせないままです」

　「羽島社長には大変お世話になっています。羽島社長のお知り合いの方でしたら、こちらから、お伺いします」

　「思い切って電話をしてよかったです。安堵しました。ありがとうございます」

　電話の主は、大垣ティンバー株式会社の大河内社長でした。道辺は土日を利用して、大垣市で大河内社長と会うことになりました。一度目は、大河内社長からのご招待を受けるかたちで昼食を挟んでの話し合いでした。大河内社長は大垣市の歴史や文化を素朴な語り口で話されました。道辺は羽島社長との心の交流について自分の思いを言葉にしたのでした。

　二度目は、名古屋で会うことになりました。道辺は、三畳一間に机が一つの自分のありのままのすがたを大河内社長に見せることにしました。机の上にペットボトルと紙コップを並べたままの、「おもてなし」とは程遠いところから話は始まったのでした。

唐突に話を切り出したのは大河内社長でした。

「私の会社は材木を扱う会社です。羽島社長とは現場で使用しています材木運搬用のフォークリフトでお世話になっています」

「そうでしたか」

「実は、二か月前に運転中に身体の異変を感じまして、そのまま緊急入院しました。病名は不整脈でした。私の会社は材木を扱っていますが、木材切り出し用の機械をマレーシアに輸出もしています。半年前にその会社の役員が来日した際に、同行していた人から、一台のフォークリフトを指さして、『このフォークリフトを売ってください』と言われたので、軽い気持ちで半年後に新車と入れ替えますので、そのときでいいですかと答えました。すっかり忘れていましたが、一か月前にマレーシアから問い合わせがありました」

「おそらく、4トンのダブルタイヤのヒンジドフォークでしょうか」

「よくおわかりですね」

「シンガポールやマレーシアでは人気のフォークリフトです」

「不整脈を一区切りにして会社を後継者に引き継いで頂く作業を始めています」

「企業として地域社会の一翼を担っていらっしゃる方のお考えとしては、後継者問題は大きなテーマですね」

「フォークリフトのことは、すべて羽島社長に相談していますので、今回のことも相談しましたら、道辺さんのお名前が羽

島社長から出ました」

「小さく商いをさせて頂いています。私でお役に立てますでしょうか」

「商いは大小ではありません。道辺さんのお仕事は手堅いと羽島社長がおっしゃっていました。それだけで十分です。できましたら、道辺さんの会社でこのフォークリフトを輸出して頂けませんか」

「輸出業務の委託でしょうか、それとも私が直接にマレーシアに輸出することになるのでしょうか」

「直接に道辺さんが輸出してください。私の会社は、木を切り出しする装置や、木材加工の機械を日本から輸出しています。先代から林業一筋でしたので、今回のことは羽島社長にお任せするつもりでしたが、羽島社長から道辺さんを薦められました。羽島社長も道辺さんに期待されている様子でした」

「わかりました」

「肩の荷が下りました」

道辺は自分の中で血が沸き立つような激しいうねりを感じたのでした。それは、目の前にあきないの門が少し開いて、そこから日が差し込んでいたからでした。

大垣ティンバー株式会社の大河内社長からの中古のフォークリフトをマレーシアに輸出する仕事を無事に終えることができたのは、羽島社長の支援があってのことでした。

道辺は自分の背中に羽が生えているような気がしていたのでした。

「起業三年と言われ続けるのは、経営が安定するために必要な日数を指し示していて、子供が自転車を乗りこなすことに例えると、最初の一年は両親が両手で自転車を支えてくれて、四方八方に声をかけていてくれて、二年目は、補助輪がついて両親が遠くから心配そうに見ていて、三年目は両親が居なくて、補助輪もなくて、何も障害のない広い場所で自分の力を信じてペダルを漕ぎ続け、四年目からは危険と隣り合わせの生活道路が待っているのです。

　起業して三年目が終わるときまでには自転車を自由自在に乗りこなせていなければ、言葉を換えると、運転資金と回転期間を円滑にできないと、経営者としての未来は完全に閉ざされることになります」

　マレーシアにトヨタの４トンのディーゼル６Ｗヒンジドフォークリフトを初めて輸出して、道辺がマレーシアから一通のエアメールを受け取ったのは一か月も経たない時でした。それは、コミッションエージェントからの自己紹介文でした。その中に、道辺が輸出した４トンのフォークリフトのことと、それを輸入したクアラルンプールの材木会社の社長とは親しい仲だとの説明文と共に、顧客の一人がトヨタのスキッドローダー（SKID LOADER）の新車に興味を持っているのでCIFC3 PORT KELAMG で見積もりをお願いしますと結ばれていました。

道辺がトヨタのスキッドローダーの新車をマレーシアに輸出したのは創業から四年後のことでした。

　進駐軍の払い下げの重機を東南アジアに転売するルートが中国系シンガポール人を中心に確立し、建設機械の副業としてフォークリフトも東南アジアに輸出され始めたのでした。

　道辺がマレーシアに４トンのフォークリフトを輸出した当時のマレーシアでは、フォークリフトは転売用に投機の対象となっていました。輸入代行業者（コミッションエージェント）が、資産家の投機目的での日本からの中古の重機やフォークリフトの輸入の窓口として活動していました。

　道辺が、スキッドローダーの新車を輸出して二週間もたたないうちに、仕入れ先のディーラーの担当者から電話がかかってきました。

　「確認したいことがありまして、販売しましたスキッドローダーは、どちらにありますか」

　「すでに納車して、こちらにはありません」

　「納車先を教えて頂くことは可能でしょうか」

　「相手があることですから、即答はできませんが、どのようなことでしょうか」

　「納車先は、商社さまでしょうか」

　電話は嚙み合わない話で終わり、道辺にとって新車の並行輸出は後味の悪いものになったのでした。

　道辺は、話のカラクリが全くわかっていなかったのです。マレーシアの港にスキッドローダーが陸揚げされたときに、めざ

とく並行輸入されたスキッドローダーの新車を見つけて、車体番号をメモして、それをマレーシアのトヨタの正規代理店に連絡を入れて情報料を手に入れる現地人が多くいたのです。道辺が手がけた輸出の情報は、マレーシアの正規代理店から最終的にディーラーの販売担当者に伝わったということでした。

　並行輸出は認められていますので、それ以上の追求はなかったのですが、道辺には心の傷として残ったのでした。

　幸いにも、道辺にマレーシアから新車の引き合いは、二度と来ませんでした。

　「望まれて生産ラインから出荷された新車にも、それぞれに恵まれて使用者に届けられるものと、そうでないものとがあります。中古車の多くが、恵まれたものです。改造もなく、出荷時の仕様のままで、第二の職場で使用されることになるのです」

　一本の電話が道辺の進路を決定づけたのでした。

　「ご無沙汰しています。2週間前に船会社主催の名古屋港での船上パーティーでお名刺を交換させて頂きました、大阪の船場商事の梅林です」

　「ローロー船のランプウエイを初めて見ることができたので感激しました。あの折には、親切にお声をかけて頂きありがとうございます。梅林さまのワインのお話は興味深いものでした」

　「道辺さんのフォークリフトの話も心引かれました」

　「そう言って頂けると嬉しいです」

「アメリカの東海岸の駐在員事務所からフォークリフトの引き合いがございました。恐縮ではございますが、可能でしたら、見積もりをお願いしたいのですが」

　「どのような引き合いでしょうか」

　「トヨタフォークリフトの1.5トンガソリン車が5台と、トヨタフォークリフトの1.5トンガソリンとLPG併用車が5台です」

　「パーシャルシップメントが可能だとしても、一度に10台は難しいと思います」

　「もう少し、道辺さんのご意見を聞かせてください」

　「まずは、2台の標準車の見積もりをディーラーにお願いします。その時点で、ディーラーが新車の値引きに応じなければ、話を止めます。

　ディーラーが値引きに応じたとしますと、プラス2台で再度値引き交渉をして、最終的な値引き率を決定します。最初からLPG併用車は外します。標準車を5台で話をまとめます」

　道辺の目標はフォークリフトを東南アジアに直接に輸出することで、欧米の市場は考えたこともなかったのです。英語の本場のアメリカに輸出できるとは、梅林からの話があるまでは考えてもみなかったことでした。

　道辺は「アメリカは月よりも遠い国」の呪縛から解放されると、JFKの「We choose to go to the moon」のフレーズを無意識のうちに口ずさんでいました。

　船場商事の梅林にすれば、国内の仕入れ先の一つで、それ以

上でも、それ以下でもないのでした。

　道辺は、興奮が冷めると自分が輸出をするのではないことに気がつきました。道辺が等身大の自分に回帰して、外交辞令的な見積もりを出すのも選択肢の一つでした。また、熱っぽいままに、突き進むのも選択肢の一つでした。

　そして、道辺が選んだのは、「アメリカンドリーム」でした。道辺が自分の才能と努力を信じたのではなく、アポロ計画を推し進めた「アメリカン　フィーバー」の熱波に、1960年を境にして道辺自身が魅了されていたからでした。

　道辺はスキッドローダーの苦い経験から、小手先の購入計画では、最終的に新車が買える確証がもてないと考えたのでした。その上、船場商事の梅林から唐突に電話があったのは、はじめから道辺を当てにしていたわけではなく、一度は地元のトヨタのディーラーに正面突破を試みたが上手くいかなくて、地元と離れた名古屋ならと、ダメ元で聞いてきたと考えるのが意外と的外れではないのではないかと深読みをしたのでした。

　スキッドローダーの場合は、たまたま、定価の15% LESSがディーラーの営業にとって無理のない値引きだったので、商談がトントン拍子に進んだのであって、単に運が良かったに過ぎないと、道辺はことの顛末を振り返ったのでした。

　「日本のフォークリフトの性能が格段に向上したのは1975年頃のパワステアリングが全メーカーでの標準装備になってからです。それに伴って、日本からのフォークリフトの輸出も急

激に増えていったのです。

　日本のフォークリフトが海外で高い評価を受けるにつれて、海外からの引き合いが本格的になっていったのです。船場商事のアメリカの東海岸の駐在員からフォークリフトの引き合いがあったのは、そうした時代の流れからです」

　海外の大きな変化に触れることがなかったのは、道辺が目の前の商談を仕留めることしか眼中になかったからでした。

　道辺は、二つのこだわりを決めたのでした。

　その一つは、代金引換払いでした。手付金を払って、フォークリフトを受け取ったら残金を払う方法を一日前倒しにして、実質的にディーラーに対しての100％前金払いをすることでした。

　もう一つは、隣県仕入れでした。販売テリトリーは県単位で分けられています。県境は入り組んでいて、定価が違えば、安い方の隣県から商品が流れ込むのは止めようがありません。隣県との取引は功罪相半ばするところに不可能を可能にする勝機を見いだすことでした。

　道辺の作戦は功を奏して、最初に３台と後から２台、船場商事の指定倉庫に納車出来たのは、約一か月後でした。日本からアメリカの東海岸までの船での日数は、西海岸と比べて倍以上かかります。

　船場商事から第二回目の注文が届いたのは、第一回目の船積みから40日後でした。注文は、第一回目と同じものでした。

第三回目の注文も第二回目の船積みから40日後でした。注文は第二回目と同じものでした。

　　その間、どこからも、クレームに結びつくような電話はありませんでした。

　船場商事との定期的な取引で、道辺商事の経営は格段に安定したのでした。自転車を支えてくれる支援者もなく、補助輪をつける金銭的な余裕もなく、自転車の練習をする場所もなく、三年目を素通りして、四年目にして、道辺が自転車をなんとか乗りこなすことができたのは、見えざる手に支えられた結果でした。

　道辺の経営が軌道に乗ったのは、単に運がよかっただけのことでした。ちょうど昭和から平成への潮目が変わる夜明け前に遭遇した奇縁との巡り合わせで、両手を大きく広げて昭和を捨て去る時代で、「去る者を追わない」道辺の生き様と波長が一致したからでした。

　大きな転換期は意外なところから持ち込まれたのでした。その発端は、単純ミスでは片付けられない、ダブルオーダーでした。二年目に船場商事の梅林が持ち込んだのは、販売価格の値引き交渉でした。道辺が仕入れ先にそれとなく探ると、先方からは煮え切らない返事がありました。値引きの交渉が難航していることを梅林に説明して、値引き交渉の沈静化を狙った道辺の狙いの矢は、全く別のところに飛んでいったのです。

　予定注文の5台の注文が、梅林から来なかったのです。仕入れ先のディーラーからは月末までに5台の発注を強く頼ま

れていたので、道辺は見込み注文というかたちで処理をすることを決定せざるを得ませんでした。

その日から、道辺は5台のフォークリフトの転売に奔走しなければと自分を追い込んではみたものの、新車の販売の話は誰にでも出来る話ではないことは道辺自身がよくわかっていました。そのうちに、価格を大幅に下げれば、1台は国内で新車を売ることが可能なことがわかってきたのでした。

「見切れば乗り越えられる」を担保にすることで、道辺にブローカー当時の「感」が蘇ってきました。そこに国内販売と海外販売の数量の差が壁となったのでした。毎月1台の国内販売を見込めば、売り切るのに5か月かかり、売り上げを回収するのに半年以上かかることを考えれば、打つ手は一つだと道辺は思ったのでした。

それは、「待つだけでは解決しない」こと。そして、「今」が「動くとき」でした。

道辺は船場商事と同じ舵を切ることにしたのでした。

道辺はアメリカに対しての強い憧れは抱いていたものの、アメリカには一度も行ったことがなかったのです。その上アメリカ人の知り合いも皆無でした。船場商事への義理立てもあり、東海岸に販路を見いだすことは道辺には出来ないことでした。道辺は新しい輸出場所を考え始めました。アメリカの地図を壁に貼ると、イリノイ州からテキサス州までと、東海岸から西海岸まであり、可能性は限りなくあるように思えたのです。しかし、道辺のブローカーとしての直感は、「迷ったときは、単純

な道を選べ」でした。

　道辺が選んだのは、西海岸のカリフォルニア州でした。イエローページで、「INDUSTRIAL TRUCKS」のページをコピーすることから始めたのです。

　道辺の作戦は、電話での飛び込み営業でした。現地時間の午前 10：00 から 11：00 までを電話営業のベストな時間とすれば、日本時間では深夜の 03：00 から 04：00 となり、時差の壁があります。日本時間の 07:30 から 09:30 は、現地時間の 14:30 から 16:30 になります。海外への電話営業は 30 分が限度と考えた道辺が出した時間は、朝の 8 時から 8 時半までの 30 分でした。

　最初の小さな壁は、代表電話ゆえの受付嬢との交渉でした。ほとんどの受付嬢は、日本からと言えば、こちらからの話を丁寧に聞いてくれました。あまりにもフレンドリーな雰囲気に道辺は大きな誤解をしたのです。

　「『せんみつ』とは、千回交渉して、まとまる話は 3 回で、成功率は 0.3 ％ です」

　10 日間、毎日数社に営業電話をしても、なしのつぶてでした。

　道辺が考えた次の一手は、「FROM JAPAN」「WE ARE NEW JAPANESE FORKLIFT EXPORTER」「EXPECTING BUSINESS WITH YOU」同じフレーズを 2 回繰り返して、電

話を一方的に切るといった荒技で、相手にとっては迷惑なものでした。

　道辺は、砂山から一本の針を探すに近い、「ORDEAL」試練だと思えたとき、奇跡が起きたのです。アメリカからの電話が鳴ったのでした。

　「わたしは、トム　タナカと申します。日本から自動車のリビルトエンジンを輸入しています。ロサンゼルスには、多くの日系の人たちが日本から多くの商品を買い付けています。日本語は大丈夫です。友人から、みちのべさまが、フォークリフトの輸出を希望されているとききました。私でよければ、お手伝いさせてください。みちのべさまは、ファクシミリをご存じですか」

　「詳しくは知りません」

　「ビジネスが広がります。図形や写真がそのまま送れるのですから」

　「日本では数年前まではテレックスでした」

　「ファクシミリでは、エンジンの見積もりから発注まで、原稿一つのやり取りです。テレックスとは比べものになりません」

　「早くファクシミリを導入したいです」

　「是非、そうなさってください」

　「ファクシミリが設置できてから、こちらの情報を発信しますので、今後ともよろしくお願いします」

　電話を終えると、道辺は軽い安堵感からか身体から力が抜けていくのを感じたのです。身体を休めながら、先ほどの話を追

いかけてみたものの、トム　タナカが信頼できるのか、「せんみつ」なのか、道辺には分からないままでした。

　幸運にも、道辺商事の電話回線の一つをファクシミリ専用回線にすることで、意外と早くファクシミリを設置することが出来たのです。

　ファクシミリのテストを重ねるうちに、テレックスとは比べものにならない利用価値があることを道辺は明確に理解することが出来たのでした。

　地中海と紅海を経由して北大西洋とインド洋を結ぶ水路であるスエズ運河が開通した当時の船乗りは、スエズ運河を抜けた瞬間、「ヨーロッパの風」を感じたはずです。

　一本のアメリカからの電話から流れてくる言葉が運んでくる「アメリカの風」が、道辺の事務所にあふれだしたのです。

:Hello my name is Mike Westfield. I am from Alameda Forklift in California. I'm looking for Mr.Michinobe please?

:Speaking

:Oh there you are,Mr.Michinobe! How are you? I'm so sorry I couldn't take your phone call the other day.

:I am so glad that you return my call.

:Mr.Michinobe, I assume the reason you called me is --- you are looking for an importer of Japanese forklift here --- Am I right?

:Exactly, Mr.Westfield.

:Happy to hear that, Mr.Michinobe,because as a matter of fact, we really are hoping to buy forklifts from you. Is it ok that you give us your inventory please?

:Certainly! We have some brand-new Toyota forklifts in stock right now. They are 1.5t-gasoline. 5 units.

:What a coincidence! That's exactly what we are looking for.

:Then I'll be more than happy to send you our offer by facsimile.

:How kind of you! I'll be expecting that.

電話が終わった後も、スエズ運河を通り抜けた瞬間に船乗りが感じた「ヨーロッパの風」と道辺の気持ちはシンクロしていました。道辺は「アメリカの風」を満喫していたのでした。

道辺のオファーに対して、その日のうちに「APPROVAL」の手書きの返事がファクシミリで送られてきたのでした。

「その日に決着がつかないものに、明日に決着がつく保証はどこにもない」

ブローカー時代に道辺が信念として抱いていたものに対しての明確な答えでした。

フォークリフト５台の車体番号がディーラーから数日前に届いていたことも幸いして、メーカー、モデル、車体番号が一台ごとに書き込まれた完璧なプロフォーマインボイス

「PROFORMA INVOICE」を道辺は、その日のうちに完成させることができたのです。

アラメダフォークリフトの対応は非の打ち所のないものでした。

船場商事から、5台の船積みの再開話がきたのは、アラメダフォークリフトに2回目のコンテナを船積みした後でした。

船場商事との取引を再開すると、「二兎追うものは一兎も得ず」になることを道辺は予感していました。そして船場商事との「やまとの風」よりもアラメダ　フォークリフトとの「アメリカの風」を、道辺は選んだのでした。

船場商事には、値引き交渉に失敗してから新車の仕入れが出来なくなったので、取引は停止せざるを得ない状況にあることを道辺は説明したのでした。道辺は新車の取引が表に出ないようにするためにシャドウビジネスに徹することを決めて、自分の名刺をすべて処分したのでした。

「アメリカは一つの国というよりも、独自の歴史を持つ50の州の集まり（United States of America）で、西海岸は100年前の西部開拓時代に築かれた自由と自己責任の終着駅です」

ファクシミリが通信のツールとして瞬く間に普及した1990年代初頭、電話とテレックスの時代と比べるとファクシミリの桁違いの情報発信量は、ビジネスには強い追い風となったのです。机の上にファクシミリを置くだけで、テレックスの部屋も、タイプライターも持たない小さな会社でも活躍の場が広がって

いったのでした。小資本でも容易に起業できる環境が整ったので「一人会社」が多く誕生した時代でした。道辺もトムタナカの一言で、ファクシミリのビジネスウエーブに乗ることができたのでした。

アメリカの西海岸は西部開拓時代の影響からか、自由で進歩的で個性的な風土が根付いた地域も多く、なかんずくロサンゼルスはアメリカンドリームを体現できるピカピカに輝くダイヤモンドエリアでした。

アラメダフォークリフトのウエストフィールド社長も個性豊かな人物で美術に造詣が深く、現代アートの理解者としても、浮世絵の収集家としても、根付の収集家としてもその名を全米で知られていて、日本に関しての幅広い知識と日本に対しての強い憧れの持ち主でした。

達筆と悪筆の入り交じったウエストフィールド社長からの直筆のファックスは、初めのうちは何度読み直しても道辺には読めないスペルが取引の壁となっていました。何度も壁にぶつかっているうちに、スペルの長い単語は文脈上あまり意味のないことが分かってきたので、引っかかる単語を飛ばし読みして曖昧に返事をする裏技を道辺は自然と身に着けていったのです。返事を繰り返しているうちに、引っかかった単語は安易な単語に入れ替わっていたのです。直筆のファクシミリのやり取りを３か月も繰り返していると、ウエストフィールド社長からのファクシミリの文章で長いスペルの単語は姿を消していました。飛ばし読みの癖は、結果として、英語を身近にするため

の修練の場となり、ウエストフィールド社長との通信で、道辺の英語には深みと幅が広がっていきました。そのうちに、日常の些細な出来事まで英語で考え、英語で文章を書くことが頭の中でもできるようになったのは、生涯を通しての道辺の財産となったのです。

　道辺は、アラメダフォークリフトとの取引を成功させ、輸出商社としての自信を深めたのです。

　しかし、アラメダフォークリフトのウエストフィールド社長も、道辺も、決定的な欠陥を抱えたままでした。それは為替に対しての洞察力も、為替が円高に振れた時のリスクを回避する戦術も、もっていなかったことでした。

　「米ドルは BASE CURRENCY とも呼ばれ世界で唯一の『基軸通貨』です。日本円は KEY CURRENCY とも呼ばれ、基軸通貨に準じます。日米間の取引では、ドル建て、もしくは　円建てが原則です。

　日本はアメリカの庇護のもと、戦後の荒廃からいち早く立ち直ることができたことは紛れもない歴史上の事実です。アメリカに対しての依存度が高くなりすぎて、固定相場制の円安時代の日本は、ドル以外の通貨に対して鎖国状態で、世界の通貨に対して「円」は著しく公平を欠いていたのです。

　1985 年のプラザ合意での行き過ぎた円安調整は 1990 年で目的は達成され、これ以上の円高は日米共に望まないのは明らかだったのでした」

日米の為替は変動期をくぐり抜け安定期に入ったと錯覚したのは、ウエストフィールド社長や道辺だけではなく、西海岸の多くの日系人もそうでした。そして、多くの人が苦難を強いられることになったのでした。

　アラメダフォークリフトからの新車の毎月2回の注文はスタートから3か月間は順調でしたが、4か月に入った頃から減少し始めたのでした。為替が1ドル130円から、さらに円高に動き始めた時期でした。為替と連動するように、ウエストフィールド社長からの注文が回復することはなかったのです。

　道辺が渡米して打開策をウエストフィールド社長と相談する準備をしていた矢先に、ウエストフィールド社長から長文のメッセージがファクシミリで送られてきたのでした。そこに書かれていた内容は衝撃的なものでした。

　このまま新車の発注を続けると一年間で500万円の赤字になるので、道辺に少し負担をしてほしいという内容でした。道辺の考えは、円建て取引をドル建て取引にすることで為替リスクを背負い込むことでした。

　道辺はウエストフィールド社長からのドル建てのカウンターオファーを受け入れて新車の輸出を再開しました。一月後の次のカウンターオファーが届くまでに、円高は10%近くも進行していたのです。

　理論上は為替予約を使って円高リスクを回避できるのですが、為替予約を経験したことのない道辺は為替という見えない

相手とどう接していいのか分からないままで、道辺にとって為替予約は絵に描いた餅でしかなかったのです。

余剰現金と、含み資産を潤沢に保有している大企業と比べて、回転資金も潤沢でない中小企業には為替予約は利用出来そうで、いざとなったら手が出ない制度だったのです。

道辺商事にとって、ドル建て取引は赤字を垂れ流しただけでした。これ以上の赤字は再起不能になる危険を予感した道辺は、赤字というマイナスの実績を携えて渡米したのです。

「1980 年からプラザ合意までの 5 年間は為替レートが 1 ドル 250 円、プラザ合意から 1990 年までの 5 年間が 1 ドル 140 円です。国際協調のターゲットレートが 1 ドル 140 円であったのは、容易に想像できます」

1991 年から 2010 年までの 20 年間で、1 ドル 140 円が安定的に推移していたら、アラメダフォークリフトとの新車の取引は継続していた可能性は残されていたのでした。

道辺がアラメダフォークリフトを訪問したとき、修理部門が立派なことに驚くと共に道辺に一つの考えがひらめいたのでした。それは、日本製の中古リフトがこの場所なら売れるに違いないとの「直感」でした。

アラメダフォークリフトの敷地内を隅から隅まで見て回った後で、時差ぼけを理由に、明日また訪問させてくださいとお願いをしてホテルに引き返した道辺が電話をした相手は、トム

タナカでした。流ちょうな日本語で返ってきた女性からの返事は、日本に出張中とのことでした。挨拶を兼ねて、明日のプレゼンテーションの助言と通訳を頼めればお願いしたいとの道辺の身勝手なもくろみは見事に外れたのでした。

「明日のプレゼンテーションがすべてを決定づけることになる」

道辺は粗原稿を英語で書き始めたが、すぐに、自分の英語力と明日の10時までに書き上げるには時間の制約を乗り越えることができない現実に気がついたのです。

粗原稿を書き上げて、その後で訂正を赤字で書き込み、日本語の原稿をそのままウエストフィールド社長に渡して、逐次的に英語で説明をすることが唯一自分に残された道だと道辺は悟ったのでした。

道辺はプレゼンテーションの粗原稿をウエストフィールド社長への手紙形式で書き始めたのでした。

「拝啓、

ウエストフィールド社長からのご支援を心から感謝申し上げます。

海外との交易は私の幼いときからの夢でした。私の夢が叶いましたのも、ウエストフィールド社長のおかげです。感謝しています。

ウエストフィール社長から為替が原因で大きな赤字が出たことを聞かされるまでは、為替のことは知らないままでした。円

建てベースの取引では、アメリカ側の痛みが分からなかったのです。交易する上で、輸出と輸入、またはドル建て決済と円建て決済のいずれにしても為替は避けて通れないことを、知りました。

　プラザ合意で通貨当局が目指した、1ドル140円の着地設定は計算された完璧なものだったと信じています。しかし、それは、あまりにも善意的な思想が根底に宿っていたのでした。プラザ合意から5年を経たころからヘッジファンドが円高に暗躍しているのは周知の事実でした。しかし当局はヘッジファンドのカジノ的な暴走を止められないとすれば、今後も円高に進む可能性が高くなります。

　カジノ的な暴走とは、勝負に負けると、負けた金額の倍を掛け金にして勝負をすることを繰り返すことです。実体経済の見えるお金が、ヘッジファンドが操る見えないお金にすり替わっていく不条理な世界にいます。

　不条理な世界がこれからも続くとして、私の考えを述べさせてください。

　日本のフォークリフトは、自動車の双璧であるトヨタ自動車と日産自動車に牽引されて、自動車の基本的な理念である、運転のしやすさや、修理のしやすさや、事故したときの乗組員全員の安全性がフォークリフトにも転用されたのです。

　日本のフォークリフトの性能が格段に向上したのは、1973年発売のトヨタの2FG20のパワステアリング標準装備の回転半径もコンパクト化されたフォークリフトが市場に出回ってか

らです。

　フォークリフトのレンタルは5年が標準期間です。6年後から、レンタルアップ車が中古市場に参入することになります。

　日本では1980年代で新車販売の下取り車としての中古フォークリフトは成長を遂げはじめ、1990年に入って新車販売の下取り車の受け皿だけではなく、中古フォークリフトのマーケットは独自の進化を遂げたのです。

　新車販売と中古車販売の為替差損の構造的な違いは添付書類を参考にしてください。

　短期金利を5%において、1ドルが140円から1ドル115円までになるのに2年半かかり、約2%の金利差損が生じるとすれば、短期金利を7%で借りていることになります。

　大きく借りて、大きく間口を広げる商いよりも、小さく借りて間口を狭くすることがベターではないかと考えたときに、新車の継続可能な成長は見込めません。新車の代わりに中古車を輸入されてはいかがでしょうか。利益を確保できるか否かは為替の変動幅次第ですが、ビジネスモデルを変えるのも選択肢の一つではないでしょうか。

　大所高所からの、ご判断を心から望んでいます。

　　　　　　　　　　　　　みちのべ　ろぼう」

　道辺が粗原稿を書き上げて、次の作業に取りかかったのは深夜の12時を過ぎていました。日本から持ってきた資料の中から、プレゼンテーションに使えそうなものを選び出し、資料を

並び替えたりコメントを書き込んだりして、道辺が床についたのは午前2時を過ぎていたのです。

　二日目の話し合いは、ウエストフィールド社長とファクトリーマネジャーのトミー　キムが同席して始まりました。道辺は、目で日本語の粗原稿を追いながら、逐次英単語を並べて話を進めていったのです。そして、ティータイムを挟んで一時間半で道辺のプレゼンテーションは無事に終わったのです。ウエストフィールド社長からねぎらいの言葉がありました。トミー　キムはフレンドリーな眼差しを道辺に投げかけてくれていました。

　期待以上の成果を胸に、道辺は帰国の途についたのでした。帰国後、道辺は中古フォークリフトの見積もりを円建てと、ドル建ての2通作ってファクシミリで送ったのですが、一週間経っても返事はありませんでした。

　ウエストフィールド社長からファクシミリで予想外の返事が届いたのは、三週間後でした。いつもの個性豊かな筆の運びではなく、英単語の一つ一つに心を込めた筆遣いで書かれていた特別なものでした。

　「アラメダフォークリフトをファクトリーマネジャーのトミー　キム氏に売却することになりました。これからも、トミーキム氏をよろしくお願いします」

　そして、「ご期待に添えなくなりもうしわけありません」と

34

結んであったのです。道辺は、三週間の沈黙の理由が明らかになって胸のつかえがとれたのでした。

その後、正式にトミー　キム氏から、アラメダフォークリフトを引き継いだ案内状がエアメールで道辺に届いたのでした。

そして、その二か月後に届いたエアメールには、韓国の現代（HYUNDAI）のフォークリフト販売部門の正規代理店になったことの知らせが書かれていました。今回の渡米の成果は水泡に帰したのですが、不思議なことに道辺は心の奥底から「これで良かった」と思っていました。それは、円高を克服する可能性を道辺自身が見失っていたからでした。

そして、今更ながら、船場商事の梅林の値引き依頼は時節を捉えたものであったことを道辺は納得したのでした。

道辺は、自分の足らないものが如何に多くあるかを知ることが出来たことが、今回の渡米の唯一無二の収穫だと思うことが出来たのでした。

現実と遠く離れたあこがれとは裏腹に、アメリカの足がかりを失った現実が道辺に重くのしかかっていました。道辺は今までのボタンの掛け違いを解き明かさない限り、輸出商社の道がこのまま閉ざされるであろう暗い将来を見据えていました。

「見よう、見まね」でもなんとか日銭を稼ぐことが出来たのは「より安く仕入れることが出来れば、安く売ることができる」のが当たり前の世界に何の疑問も持たなかった 1970 年代の名残でしかないことが、道辺にはわかりかけていました。

プラザ合意から、連日連夜の為替が円高に振れるニュース

を聞かされながら、3年間でドルに対して日本円の価値が倍になったことを、日本が世界に認められたと誤解したのは、マジックのようなものだったのではないかと、道辺は疑問を抱くようになっていたのでした。

道辺は歴史を振り返り、「偶感」を書くことでマインドコントロールからの脱却を試みたのでした。

「偶感」

「戦前、戦中、戦後を通して、『昭和』の64年間ほど、日本と日本国民が平衡感覚を失い、揺れ動いた時代はなかったと言えるのです。昭和60年から昭和64年までの国鉄の破綻と民営化に象徴される昭和末期を振りかえると、セピア色の原風景が蘇ってきます。

日本国の復元力は有史以来『君臨すれども統治せず』が一筋の光であり、それはまさしく360度仰ぎ見る富士山の立ち姿であるのです。日本の真ん中に座す富士山は日本一の山であるだけでなく、日本人全員のこころのふるさとでもあるのです。老いも若きも、貴人も平民も、全ての日本人が見上げ続ける唯一無二の存在でもあります。

世界一の高さの山はヒマラヤ山脈の最高峰エベレスト（8,848m）であり、山脈に属さない独立峰はキリマンジャロ（5,895m）です。

されど、存在自体の尊さから「霊峰」と呼ばれる富士山は、日本人には別格なのです。

1970年代に円安を追い風に、為替の何たるかを知らないま

まに円建て決済で貿易を始めた日本人がいたのです。もし、すべての取引がドルベースだったと考えれば、ドル安に対して現実的な対応ができたかもしれないし、『失われた10年』をもっと短縮できた可能性は否定しきれないのです。

　一方的な円高は円が良貨になったとは言えないのですが、悪貨になったとも言えないのです。すべてはコインの裏と表です。色眼鏡を外すことさえも忘れて、ひたすら『MADE IN JAPAN』を追い求めていたことに、色眼鏡を外した日本人の誰もが逸失利益を叫ぶのは、まだ『MADE IN JAPAN』の亡霊にとりつかれているということになるのです。

　1950年代に、『MADE IN JAPAN』は衰退の道を歩んでいたのです。東名高速道路の完成や、新幹線の開通の華やかなニュースが飛び交う中で、確実に日本社会の金属疲労が始まっていたのです。

　1980年代半ばまでは一等国の過剰な自意識が国民の間で定着していたのは、戦後の成功体験を過大評価した選民意識の台頭だったのかもしれません。

　1973年の変動為替相場制度（フロート）は、スタートからの数年間は実体経済と併走していましたが、やがて、為替投機が利益を生むことにつけ込んで、本業の利益よりも大きな為替差益を計上している会社も多く実在しました。しかし、ほとんどの会社が商道とはかけ離れ、企業倫理から逸脱した、私利私欲の亡者に心を奪われた経営者が自己蓄財に触手を伸ばした結果でもありました。その経営者を時代の寵児と賞賛する同じ穴

の狢の有名人も多くいましたが、所詮は有象無象の類でありました。

　昭和60年の円ドル交換レート（目安）は1ドルが200円、昭和61年の円ドル交換レート（目安）は1ドルが160円、昭和62年の円ドル交換レート（目安）は1ドルが122円で円安から円高に毎日がハードランディングの時代で360円の固定相場から比べると昭和61年は、円の価値が倍以上になったエポックメーキングな年でした。

　日本人の誰もが、この異常事態を立ち止まって検証することもなく、急激な円高の流れに日本国民全員が飲み込まれていったのです」

　「偶感」は思いついたことを不揃いに書き留めただけの、道辺の自分の過去に対しての反省文でした。そして、過去を乗り越えて未来に向かって歩き始める起爆剤となるものでした。

　「円高がかたくなに異常と思い込むだけでは、閉塞感にさいなまれて身動きがとれなくなります。今までの経緯が今の円高に織り込まれることによって、そこだけが特別な調整池ではなく、刻々と移りゆく川の流れに入り込むことで異常とまで思わなくなるのです。異常ではないと理解することで、閉塞感は開放感に変わり、未来の道が開ける可能性が生まれるのです」

　道辺商事に初めて税務調査の知らせが税理士から伝えられた

とき、名古屋市港区と中川区を管轄する中川税務署管内の事業所は一万社を超す中で、芥子の粒ほどの小さな存在である道辺の会社が税務調査の対象になるなどとは全く予想もできなかっただけに、道辺は机と椅子があるだけの小さな会社に「なぜ」の疑問符を重ねると、道辺が導いた答えは「役人の気まぐれ」でした。

　そして、運が悪かったと道辺は思うことにしたのでしたが、時間が経つと、理由は何であれ、税務調査が入ることは会社の営業活動が認められた証で、道辺は名誉なことだと負け惜しみを貫くことにしたのでした。

　税務調査は通常通り、自筆で署名するところから始まり税理士がそばにいて仕入れ台帳や現金出納帳などの必要書類を指示しながら調査は進みました。税務官の質問は専門的なことは税理士が代理で答え、具体的な売買の説明は道辺が古物台帳と仕入れ台帳を照らし合わせながら答えることで、昼までには調査がほぼ終わり、税務調査官と税理士は昼食に出かけたのでした。

　「記帳は正確ですね」

　「問題はないと言うことで今回はいいですか」

　「領収書として認められないものも何点かありますので」

　午後からの調査は、領収書に付箋があるものと１台の中古フォークリフトについての仕入れ先と海外の販売先と船積み書類の提出を求められ、求めに応じて書類を準備していると、道辺の耳元に言葉を入れてきたのは税理士でした。

　「今回の税務調査の目的は消費税の経理処理の確認と正しく

納税するための行政指導を兼ねています。経費扱いが認められない領収書は修正申告をすることで調査を終わりにするお考えのようです」

「わかりました。修正申告はお任せしていいですか」

「大丈夫です」

　税務調査が初めてということもあり、税理士に立ち会ってもらって税務調査に臨んだことは間違ってはいなかったと確信したが、修正申告でどれくらいの経費の出費になるかまでは道辺には考える余裕さえもなかったのでした。

　調査官と税理士が帰った後、今日の税務調査を振り返っていたら、道辺の心をよぎるものがあったのでした。

「税務調査官は商売の神様からの使者と考えれば、真摯に向き合い、誤りを認めて誤りを正すことが商売の神さまがお示しになる商道に近づく第一歩になるはずだ」

　その言葉は、道辺の心をよぎっただけで、修正申告が終わった後々までも、道辺の心に居座ることはなかったのでした。

　道辺の仕入れに大きく立ちはだかったのが、1989年（平成元年）の消費税3%の導入です。消費税導入で隙間産業である中古フォークリフトの売買でも様相が一変したのでした。

「消費税は消費者が負担し、事業者が納める間接税です。仕入れと販売を繰り返す業者間では、販売価格から仕入れ価格を差し引いた差額の3%を販売先から受け取り事業者が納税するしくみです。事業者は消費税納入義務を背負わされることに

なったのです。実際には、預かり金のため、事業者側に金銭的なマイナスが生じることはないのです。隙間産業である中古建機、中古トラック、中古フォークリフトの取引で、取引先の情報が不明瞭な相手をも丸呑みにする慣習が、戦後の進駐軍の払い下げから連綿と続いてきていて、その商習慣を完璧に断ち切ることができるかの岐路に立たされたのです。すべての取引は消費税によって白日の下にさらされることになったのです」

　道辺が密かに考えていたのは、中古フォークリフトを海外に輸出することの方が、消費税を預かるのではなく、消費税を国に預ける立場になるので、税務調査には有効だと思ったのでしたが、後になって、それは軽々なことだと思い直したのでした。

　一本の電話が、ヨーロッパとの取引を可能としたのです。

「道辺さん、折り入ってご相談があるのですが」
「私で出来ることでしたら」
「オランダのバイヤーとの商談は、こちらで無事に終わったのですが、バイヤーを引き継ぐ相手が迎えに来る途中で交通事故を起こして立ち往生をしていまして、迎えに行くことが出来なくなったので、今回の商談を諦めざるを得ないとの電話がありました。お手数をおかけ致しますが、バイヤーを名古屋駅までお願いできましたらありがたいのですが」
「いいですよ。今から迎えに行きます。３名までなら僕の車

で大丈夫です」

「オランダからのバイヤーは２名です」

「わかりました」

　道辺が現場に着いたときは、オランダ人のバイヤー二人だけでした。比較的大きな旅行用カバンが二つ置いてあったので、バイヤーとしては初心者に近い人たちだと道辺は思ったのでした。突然の出来事に同情し、バイヤーの不安を解消させてあげたいと道辺は思ったのでした。

　:You are planning to go to Hamamatsu,aren't you?

　道辺は、付加疑問を使って和やかな雰囲気作りを試みたのでした。すると、二人からの微笑み返しで、緊張感が消えていくのが、道辺に伝わってきたのです。二人が道辺マジックに魅了されるのに多くの時間は不要でした。

　:I will be more than happy to bring you anywhere you want. Would it be Nagoya Station or City of Hamamatsu? Do consider me at your disposal.

　彼らは、名古屋駅より、道辺の車で浜松まで行くことを選んだのでした。道辺は、一つだけ条件を付けたのです。それは、浜松に行く途中で一か所だけ友人のところに寄ることでした。道辺にバイヤーから手渡されてメモには「HAMAMATSU KOMATSU」と書いてありました。

　道辺が立ち寄った先は、発電機のレンタルの会社でしたが、以前とは違っていました。驚いたことに、フォークリフトのレンタルの会社になっていたのでした。

道辺を出迎えてくれたのは、以前と同じ満面の笑みを浮かべた緑川社長でした。

「緑川さん、ご無沙汰しています。名古屋の道辺です」

「こちらこそ、ご無沙汰いたしております」

「発電機からフォークリフトのレンタルに切り替えられたのですね」

「発電機の横にフォークリフトも置いていたのですが、そのうちにフォークリフト目当ての客が多くなりましたので」

「そうでしたか」

「発電機の販売修理の仕事をすべて知人に渡して、フォークリフトに専念したのが５年前でした」

「この方たちは、オランダから中古のフォークリフトを仕入れに来られた方たちです」

「中古車置き場も見て行かれますか」

「せっかくですから、お願いします」

　道辺がバイヤーの二人に「HAMAMATSU KOMATSU」のことは決して言わないようにと口止めをしたのは、「HAMAMATSU KOMATSU」が正規ディーラーである可能性を危惧したからでした。

　地元の業者とディーラーの関係は、利害が複雑に絡まっていることがあるので、道辺はあえて避けて通る道を選んだのでした。

　置き場は、本社屋から車で20分のところにありました。

「砂利を敷き詰めただけですが、今年中にはコンクリートを

入れます」

「それはいいですね。雨の日に助かりますね」

道辺が緑川と話している間に、二人はフォークリフトの写真を撮り続けていました。

:Are we running out of time here?

:Well, not really but it depends on what you need. Anything I can help you right now??

置き場に置いてある中古のフォークリフトを指さしながら大きな声がかえってきたのです。

:To speak freely,yes.

Could you ask him if he would ever consider selling those lovely forklifts to us please?!

:I see. It's so obvious that your eyes are fixed on those vehicles.

道辺が緑川にオランダ人の言葉を説明すると、緑川の答えは「直接には販売できないので、道辺さんが中に入っていただけるのなら」であった。

:They say export business is not within their job scope.

:We understand that but perhaps----

:Perhaps you are thinking some middle man could facilitate the deal, aren't you?

:How do you guess that? So any chance you can help us out?

:Certainly, I do my best.

ヨーロッパへの道が開けた瞬間でした。

　明日もう一度、同じメンバーで来ることを約束して、目的地の「HAMAMATSU KOMATSU」に二人を無事送り届けたのは、予定時間から２時間遅くなっていました。明日の朝、10時に、ホテルでの再会を約束して、道辺は名古屋に引き返したのでした。

　そして、翌日、道辺はアメリカとヨーロッパの違いを目の当たりにすることになったのです。

　「アメリカ向けの中古フォークリフトは完全整備車両で全塗装とタイヤは新品装備で書類上は　RECONDITIONED FORKLIFT（整備済みフォークリフト）と通関では申告されていたのです。日本での修理が工賃も部品もアメリカの半分くらいで済み、日本人は器用で修理が上手という先入観と、輸入してすぐに販売できる手軽さもあって、RECONDITIONED FORKLIFT は、完成された商品としてアメリカで定着していったのです」

　オランダからの二人のバイヤーは、修理済みのフォークリフトに興味を示さなかったのでした。それどころか、二人が選び出したのは価格の安価な故障車でした。

　道辺は、思わず声を上げていました。

:Don't tell me you are thinking to buy these scraps?!

:Why not? We are a willing buyer paying a fair price.

:I'm sure the fair price in your mind is even higher than the one in their mind.

:Possibly. That might be the case.

「フォークリフトの故障の判断は個人の経験値に差があるので同じではありません。交換部品のおおよその価格まで分かる人はなかなかいないのです。故障を修理できないとなるとフォークリフトは鉄の塊になりスクラップ処理をされますが、大抵は置き場の隅で放置されて、部品の剥ぎ取り用となります。故障を修理できる人にとっては再生可能なフォークリフトとなります。多くの時間を掛けてでも修理をすることに情熱を傾ける職人気質の人は日本では少なくなりました。フォークリフトの置き場で故障車として放置され、そのまま部品の剥ぎ取り用になるフォークリフトは相当な数になっていたのです。

ヨーロッパには『ものを大切に扱う文化』が根付いていて、職人気質の人が多くいると考えれば、故障車に興味を示すのは不思議なことではなかったのです」

オランダ人の二人は一台ごとにチェックシートに書き込みをしていました。そして、価格交渉の結果、彼らが購入したのは、動くフォークリフト２台と、動かないフォークリフト２台の合計４台でした。

それは、道辺の予想を超えた買値だったのでした。

道辺は心の中で叫んでいました。

「これは1ドル100円時代を生き抜く希望となるはずだ」

　それは、道辺の目からウロコが落ちた瞬間でもあったのです。修理技術も、修理工場も持たない道辺にとって、置き場においてあるままの現状での海外輸出できるのは都合が良かったのでした。

　道辺はプロフォーマインボイス（PROFORMA INVOICE）では、動くフォークリフトを「AS IS RUNNING FORKLIFT」とし、動かないフォークリフトを「Forklift to be dismantled for parts」として区別したのでした。

　緑川が修理に固執しない人だったので、動かないフォークリフトの取引は思った以上にスムーズにいきました。

　それからは、月に一度、オランダからのバイヤーを浜松に連れて行くことが常態化したのでした。半年を経た頃に、浜松との商談は道辺に任せたいとオランダ側から提案があったのでした。

　道辺は、この波に乗りたいと思いました。

　そのためには、自分は何ができて、何ができないのかをはっきりとさせる必要があったのでした。

　今まで、販売ばかりに力を注いできて、修理は門外漢を貫いてきた自分ができることは、現状で動くフォークリフトだけを扱うことでした。

　オランダ側の理解も得られて、道辺は、「AS IS RUNNING

FORKLIFT」の輸出に専念することになったのでした。

　1年を過ぎる頃から、道辺はオランダの隣国ベルギーからのバイヤーとも取引を始めることが出来たのでした。このことは、道辺商事に経営の安定をもたらしたのでした。

　ヨーロッパに向けての中古フォークリフト輸出の中心が「HIGH QUALITY FORKLIFT」から「AS IS RUNNING」に移り変わって行くにつれて、道辺が買い続けていた「AS IS RUNNING」用の中古フォークリフトは品薄状態になりました。「質」より「量」に力を注いだ結果、道辺の仕入れの基準が甘くなればなるほど、フォークリフトの品質も悪くなっていったのでした。その上、名刺の裏に無造作に金額を書き入れた「メモ書き」を領収書代わりにする業者もいるのです。

　道辺は、領収書の住所と連絡先の確認作業を進めて、連絡がつかないものとの取引を停止することにしたのでした。

　そのことは、すぐにフォークリフトのブローカーの知るところとなりました。そして、それは仕入れの台数に跳ね返ってきたのでした。そのことは、予想をしていたし、覚悟を決めていた道辺にも重圧となっていたのでした。

　出口の見えないまま、中古のフォークリフトの仕入れが思うようにならなくて、直近の3か月は予定仕入れ台数を大幅に割り込んでいたのでした。

　「良縁も悪縁もコインの裏表なのです。良縁も裏の顔は悪縁です。悪縁も裏の顔は良縁です。つまずいて転んだときに無意識のうちに手に取っているものなのです。良縁もコインの回り

方で悪縁になることも、また悪縁もコインの回り方で良縁になることもあるのです」

　とっぽいと陰で言われ、評判の芳しくないブローカー時代の知り合いの金山一男からの電話で、道辺が昔話に花を咲かせていたときに思わず口を滑らしたのでした。
　「仕入れを増やしたいのですが、なかなか決まらなくて苦労していますよ」
　「ディーラーもまだ中古リフトに本腰を入れていませんので、中古のフォークリフトが少なくなっているとは思えませんが」
　「コンテナがなかなか埋まりませんので、こまっていますよ」
　「良質の中古フォークリフトは、少ないかもしれませんが」
　「言葉は悪いですが、動けばいいのですから」
　「それでしたら、昔のブローカー仲間を上手く使うことです」
　「消費税の外税方式が定着しましたので、その場限りは困りますので」
　「それは、どういうことですか」
　「今までは、領収書なしの仕入れ先でも看過してきましたが、消費税が導入されてからは、個人からの仕入れの場合は、個人名とふりがな、住所はアパートの場合は、何号室まで、電話番号は、固定電話と移動電話の両方を正確に領収書に書き込んで頂いていますよ」
　「ブローカーは敬遠するかもしれません。ブローカーの人たちは、私を含め、シャドウビジネスと割り切っておられる方が

ほとんどです。ブローカー時代に稼いで、いつかは一国一城の主になる夢をお持ちの方ばかりです。私もそうでした。ブローカー時代は落ち着いて取引をした記憶がありません。領収書に印紙を貼るのがもったいないがまかり通る時代でした」

「日本の大部分が余裕のなかった時代のことですよ」

「その当時の中古フォークリフトは新車フォークリフトの販売の邪魔になるだけでした。それで、スクラップ業者に条件付きで『ただ同然』で引き渡したのです」

「どんな条件ですか」

「エンジンや車体にドリルで穴開けて使えなくするという条件です」

「今では考えられないですよ」

「ディーラーが中古フォークリフトの分野に力を入れ始めたのは最近のことです。でも、あの人たちは優良なフォークリフトしか扱いません」

「まだまだ、やり方によっては仕入れができるということですか」

「領収書は不要くらいのインパクトがあればです」

「そこまでは、誰も踏み込めません」

「それでしたら、トンネル会社を持つことです」

「ペーパーカンパニーですか」

「ちゃんとした会社です」

「法人ですか」

「そうです。アパートの一室でも法人登記はできます」

事務所の窓から外を見ると、雨粒がぽつりぽつりと落ち始めていました。急に話のテンポが緩慢になり、話は途切れたのでした。

　道辺は次の船積みの段取りで忙しい毎日を送っていて、金山との話を思い浮かべることすらありませんでした。

　船積みが完了すると、気持ちも新たに次の船積み用にフォークリフトの仕入れに集中するのが道辺のやり方でした。

　しかし、一週間経っても、仕入れの話は舞い込んでは来なかったのです。

　二週間目に入ってしばらくしたころに、窓の外に雨粒がぽつりぽつりと落ち始め、道辺の脳裏にまざまざと法人登記の話がよみがえってきました。仕入れを増やすには法人登記が避けて通れない方法だとしたら、必要悪と思うことも方便かもしれないと道辺は自分に言い聞かせると、気持ちは走り始めました。気がつけば、道辺は何かに駆り立てられるように金山に電話を掛けていたのでした。

　「電話で恐縮ですが、是非、この前の話の続きを聞かせて頂けないでしょうか」

　「あの話ですか」

　「法人登記のことですが」

　「資本金とか細かく言えばきりがありませんが、ざっくり言えば、50万円から100万円かかりますが、会社を設立できるということですね」

　「その違いはどうなのでしょうか」

「代表取締役は男性がいいとか、女性でもいいとか、一戸建ての住所でないと困るとか、アパートの一室でもいいとか、です」

「この前の領収書なしのことです」

「それでしたら、女性で、アパートの一室での開業でいいと思います」

「それでいいと思いますが、どうなるのでしょうか」

「会社の設立までは、こちらで進めます。道辺さまには、会社の謄本と、実印、会社の銀行通帳と銀行用の印鑑、会社のスタンプと会社印を作ってお渡しします。キャッシュカードが必要でしたら作ります」

「道辺さん以外には、新しい会社のことを知るものはいないことになりますので、何かありましても道辺さんご自身が責任を持って処理してください」

道辺は、裏の世界を覗いた気がしたのですが、ほかに選択肢はないので突き進むしかないと思ったのでした。

「わかりました。お願いするにはどうしたらいいですか」

道辺からの条件は、道辺商事の取引銀行以外の銀行で通帳を作ることと、住所は港区を外すこと、定款には産業車両の売買と記載することの３点でした。

「100万円を用意してください。50万円を資本金で、残りで、会社設立の手続きと印紙代、会社の実印　銀行印、社判と社印など準備します。一か月はかかります」

「ではお願いします」

「では、明後日お伺いします」

「お金は準備しておきます」

　道辺は自分が起業することを中古建機と部品を販売している会社の社長に相談に行った時のことを思い出していたのでした。話の後先は思い出せませんでしたが、100万円で会社を作りたいと話したときに、好意的な言葉を掛けてもらって有頂天になっていたことと、今日の100万円が重なっていたのでした。

　同じ100万円でも、起業時の実体のある100万円と、実体のない今の100万円とでは、雲泥の差だと道辺が思ったのは、起業時は、100万円が全財産であったのに対して、今の100万円は、捨て金でしかなかったからでした。

　道辺は確かに一線を越えたと思ったのですが、いまさら五十歩百歩を論じて、引き返しても意味のないことだと思い直したのでした。

　新会社の書類が揃ったのは、一か月後でした。

　ペーパーカンパニーを傘下に入れたといっても、その日を境にして物事が変わるわけではありません。何かの備えとして役に立つまでは、引き出しの中にしまって置くだけの新会社でしかなかったのです。

　道辺はペーパーカンパニーの使い方について考えを深めていました。

「今まで手の届かなかった棚の上にあったものが、新会社での仕入れの窓口が手元にあるだけで、広範囲な仕入れができる

可能性が生まれたものの、使い方次第で良縁にもなるし、悪縁にもなる。まして、その場限りの取引をもできるとなると、それは、曖昧な取引を誘発する引き金になる。

　『確かに動いていた』『そこまでは知らなかった』『現車を確認していないので』などのトラブルは大なり小なりついて回ることになる。仕入れの台数が少なくなり、ワラをもつかむ気持ちで走り抜けた棒道（武田信玄が作った軍事道路で真っ直ぐに伸びた道）は、攻めるには良縁となり、守るには悪縁となるはずだ」

　会社の銀行通帳は会社の呼吸のようなもので休眠状態にはできないので、道辺は一週間に二回ほど現金の出し入れを新会社に繰り返していたのでした。道辺に友人の一人から電話がかかってきたのは、会社設立から一か月を経たときでした。

　「道辺さんに力を貸してほしいのですが」

　「どうなさったのですか」

　「車を方向転換する時に脱輪してしまいました。道辺さんの事務所からそんなに遠くないところですので、お力をお貸し頂けると助かります」

　「何も持たないで行けばいいですか？　スコップがいりますか」

　「いま『JAF』にお願いしていますが、時間がかかりそうです」

　「場所を教えてください。すぐに向かいます」

場所は事務所から２キロの地点でした。

　車は、右後輪がコンクリートの路面から外れて地面に刺さっていたのでした。

　「道辺さん、申し訳ありません。実は同乗されていた方をお送りして頂けないですか。タクシーを探しましたが、見つからないので、ご無礼を承知で電話をしました」

　「港区のこのあたりでタクシーの空車は拾えません。近くに病院があればタクシーを呼ぶこともできますが……」

　道辺は、挨拶を簡単に済ませてお客を乗せて走り出した。

　「道辺さん、タクシーが拾えるところでしたらどこでもいいので」

　「どちらまで行かれますか」

　「半田市です」

　「ちょうど良かったです。私は知多に用事がありますので、このまま半田市に直行します」

　「ご迷惑でなかったら、お願いできますか」

　道辺が、知多半島道路を利用して半田市の目的地に着いたのは、１時間以内の早業であった。

　翌日に、お礼の電話がありました。

　「昨日は、半田まで送っていただいて、大変助かりました」

　「お役に立ててよかったです」

　「名古屋に行った折には、お食事にお誘いしてもいいですか」

　「お礼の電話を頂いたので、それで十分です」

　「そうですか。ところで知多半島道路はよく利用されるので

すか」

「毎月何度かは利用します」

「こちらにお越しの時、お昼でも」

「ありがとうございます。来週の月曜日はそちらの方に予定があります」

道辺は早いうちに食事の誘いを受けるのが礼儀だと思ったのでした。

待ち合わせたのは、知多郡阿久比町の知多半島道路の阿久比インターからすぐそばにある食事処「定食屋」でした。

「お世話になります」

「ご足労をおかけしました」

二人は、奥座敷に案内されました。

「師崎から新鮮な魚が入ってきますので、魚の定食でいいですか」

「ありがとうございます」

「道辺さんがフォークリフトのお仕事をなさっておられることは存じ上げています。私もフォークリフトの仕事をしています」

差し出された名刺には、フォークリフトメーカーの正規ディーラーの所長と書かれていました。道辺は手書きの名刺を差し出しました。

所長は、道辺から差し出された名刺を手に取って言葉を添えました。

「風情がありますね」

「私は名刺を持たないので、びっくりなさったでしょう」

「ご立派な名刺です。私は、所長を拝命していますので、副所長ともども冠婚葬祭要員ですから、名刺は商売道具です」

フォークリフトの四方山話をしながら食事をしていると、食事も終わりかけた頃に所長から提案があったのでした。

「これから、ご一緒に営業所に行きませんか。道辺さんに副所長を紹介したいのです。彼は中古車の担当責任者です」

「よろしくおねがいします」

「副所長は大学の職員からの転職でしてね。工場長は漁師からの転職です。私はお寺の三男坊でしてね」

「所長と副所長が冠婚葬祭要員というのは、決して的外れではないのです。地方のディーラーは地元と直結していますので、冠婚葬祭の場を借りて付き合いを深めていくことが営業職の鉄則なのです。所長と副所長で集めた名刺は、営業所の財産でもあるのです。所長は営業所の要ですから、短期間での転勤は特別な理由がない限り有り得ないのです」

勝手知ったる裏道を所長の車は快走し、道辺はついて行くのが精一杯でした。20分ほど裏道を走り、信号を抜け大通りを左折すると営業所が見えてきました。そこには、副所長らしき人が待っていました。

「副所長の加藤です。よろしくお願いします」

「道辺です。どうぞ、よろしくお願いします」

「中古車置き場をご覧になりますか」

「お願いします」

　加藤副所長が一台一台、足を止めてフォークリフトの現状について丁寧に説明するのを、道辺は真剣に聞いていました。道辺が商談につながるような問いかけは控えたのは、話を濁したくない気持ちからでした。

　置き場から戻ると、机の上には「お茶」が用意されていました。

「所長さまと副所長さまの温かいお気持ちに触れることができました。とても感激しています」

「今後ともよろしくお願いします」

　この日から一か月経た頃に、加藤副所長から中古フォークリフトのカウンターオファーの依頼がありました。所長と待ち合わせた同じ食事処「定食屋」で待ち合わせて、二人で向かったのは作業現場でした。現役で荷作業をしているフォークリフトを指さして、加藤副所長は道辺にメモを渡したのです。

　そこには、現場で作業しているフォークリフトの、新車の納車日（年式）とモデル形式と車体番号が書き込まれていました。

　道辺は今が棒道を一直線に駆け抜けるときだと思ったのです。

「新車の下取り車ですか」

「新車納入は決まっているのですが、下取りではなく現金で買い取ることが条件で、こちらからすれば、別々の案件になります」

「私の方で現金を用意すれば、話はまとまりますか」

「現金受領書が従業員の方の手書きの『覚書』になります」

「現金を用意します。『覚書』は現車をこちらで引き取るまでそちらで預かってください。現車を引き取りましたら、『覚書』を破棄してください」

「結果としては領収書なしになりますが、それでよろしいのですか」

「はい、けっこうです」

道辺は基本的な取引の枠組みができたと確信できたので、その枠の中に今回の話を無理して入れ込むことで、枠組み自体をだめにしたくないことを優先事項に考えて、細部にわたる話は避けたのでした。

「一段一段積み重ねることで、強固な階段ができあがり、次のステップに進むことができるのです。階段を一段でも踏み外せば、取引は成立しません。階段を一段一段進むこと自体がダブルチェックになっているので、単純なミスを犯した際には、ミスが浮かび上がるようになることで致命的なミスになることを防ぐことができるのです」

加藤副所長から、取引の承諾と現車引き取りの指示書が道辺の元に届いたのは一週間後のことでした。書類に目を通すことで、道辺は加藤副所長の能力の高さを認識することができたのでした。

道辺はペーパーカンパニーが地下トンネルと同じだとすれば、入り口と出口は地上の誰もが見える形にする必要があると考えたのでした。それは、道辺商事が入り口と出口を固めることでした。

　加藤副所長から次の取引の要請があったのは最初の単発的な取引から一か月後のことでした。けもの道が、やがて、人が歩くことができる道になり、荷馬と馬子が通る道になるように、加藤副所長と道辺の取引は確実に進展していったのでした。台数は多くなくても、定期的に中古のフォークリフトの仕入れが見込めることで、道辺の気持ちは安定したのでした。

　税務署の内部では、中古フォークリフトの売買にメスを入れるための予備調査が始まっていました。一つには、中古フォークリフトのマーケットが拡大したことでした。二つには、取引の不透明さでした。反面調査で証拠固めを着実に積み重ねていたのでした。

　道辺は税理士から税務調査が入ることを聞かされるまで、次の税務調査は反面調査でなく正面突破になることをすっかり忘れていたのです。正念場を迎え、今更どうすることもできないまま、中古の業界で限りなく正確な書類は作りようがないことくらいは税務署も知っているはずだと道辺は開き直ったのでした。

　今回の税務調査は英語の分かる調査官を含めて３人でした。

「外国人が書き殴ったくせ字での手書きのファックスは、多くの場合小文字のａｏｕを見分けるのが難しくて、大文字のＰとＲも苦労する字です。その上、余白が少ない場合は本人が詰めて書くので『虫めがね』が手放せないのです」

　道辺は日頃から日本の英語教育は回り道をしていると思っている一人でした。日本の人気ドラマがアメリカでテレビ化されたものをインターネットで見たときに、道辺が日本語の英訳に違和感を持ったのでしたが、制作費用を最小限に押さえた結果なのだろうと妙に納得していたのでした。

　本格的な韓流ブームが始まったとき、道辺が英語の題名で検索すると、偶然にも韓国語を英語に訳した英文が画面に焼き付けてあるものにヒットしたのでした。韓国で書かれた英文が素直に自分の頭に入ってくるのが道辺には不思議でした。韓国が国家としてバックアップしていたこともあって、英訳は優れていました。

　朝鮮語と日本語との語順や文法構造で類似点が多くあることが底辺にあるのだと考えると韓国の英語教師の方が欧米のネイティブよりも英語の教え方が上手かも知れないと道辺には思えたのでした。

　インターネットで韓流ドラマを見ながら、韓国人の英語力アップが韓国の国際競争力を引き上げる原動力になっていると道辺は確信したのでした。

主任税務調査官が和やかに道辺に語りかけてきたのですが、それは奥歯にものが挟まったような言い方でした。ほかの調査官二人は書棚から書類を出してきて、のぞき込んでは付箋をつけていました。

　机一つを挟んで、道辺と主任税務調査官との静かな戦いは始まったのでした。

　「ご商売の方はいかがですか」

　「食べていくのに、精一杯ですよ」

　「お一人でここまで会社を大きくされた秘訣は何ですか」

　「皆様に支えられたからです」

　「ところで、このきゅう舎という会社はどんな会社ですか」

　「仕入れ会社の一つです」

　「そうですか。社長が馬でもされているのかと思いましてね」

　しかし、ピリピリとした緊張感が調査官の言葉の端々から湧き上がっていました。調査官の尋常でない様子に税理士は事務所の外に出ると、しばらくして事務所に入ってきて、道辺に耳打ちをしてきたのです。

　「申し訳ありませんが、のっぴきならない仕事が入ってきましたので、明日は同伴できなくなりました」

　税務調査の手法は直近の三か月を重点的に調べ、不足なら、１年、３年、７年までさかのぼることができるのですが、過去に税務調査対象の会社の社長が税務署内で自殺する事件が起き

ていて、現実的には三か月で無理なら、１年で決着をつけるの
が署員の間での暗黙の了解事項となっていたのでした。

　「社長さん、これで失礼致します。明日も伺いますので、よ
ろしくお願いします」

　下げ潮のごとく、その日は静かに過ぎていったのでした。

　数は力なりの言葉通り、一日目は英語が分かる調査官を外せ
ば、２対２で力では互角勝負となっていましたが、二日目は英
語のわかる調査官は外れていましたが、道辺サイドの税理士が
来ないので２対１となってしまったのです。
　そのことは、すべての面で道辺サイドに不利となったのでした。

　二日目は、上げ潮のごとく始まったのでした。
　主任税務調査官が口火を切りました。

　「昨夜はよくお休みになれましたか」
　「税務調査中ですから緊張はしています」
　「税理士の先生から今日は外せない用事があるのでこちらに
はお越しいただけないとのことです」
　「承知しています。専門的なことは税理士に任せていますの
で、すべてを正しくお答えできません。恐縮ですが、それでい
いですか」

主任税務調査官は、「ど真ん中の直球」を道辺にめがけて投げてきたのでした。

「きゅう舎さんを訪ねられたのは最近ではいつ頃ですか」

「中古の車輌を転売するブローカーの方ですので、ほとんどが留守ですから、いつだったか記憶が曖昧で、恥ずかしながらお答えできません」

「そうですか。社長がきゅう舎設立に関わっていらっしゃるのではありませんか」

「ごく最近に仕事を始められた方です」

「そうですか。私どもがきゅう舎さんに伺うことになりますがいいですか」

「職権の範囲内なら私に承諾を得ることもないと理解していますが」

「直近の三か月の仕入れ先に調査に入ることになりますが、それでもよろしいでしょうか」

「仕入れ先の全てが、今回の税務調査の反面調査と知らないで済むとは限りませんが、あらゆる税をひとまとめにすると、税務署の総取りではありませんか。言葉が過ぎましたが、万一職権乱用に抵触すれば、かえってご迷惑をおかけすることになりますので、私としましては、反面調査なしの線でまとめたいのですが」

「社長と二日間ご一緒させていただき、社長のご性格も分か

りました。余程何かのご事情があったことは察しています。公僕の立場は公平ですが、税務署の解釈も、皆様の一般常識に基づいた解釈も違ってくる場合も過去の経験ではございます。私も職務を離れると気持ちを揺り動かされることはあります。社長のお人柄も分かってきましたので、正直なところ丸く収めたいのが本音です。署内では限られた時間内にまとめる任務を背負っていますので、私どもの立場もご理解をいただいて、ご協力をお願いできましたらと思います」

　主任税務調査官の言葉が終わった時を同じくして、道辺に加藤副所長の顔が浮かんで消えたのでした。

　道辺は、この場面で踏ん張っても、すでに俵を割って土俵の外にいることを知らされた気がしたのです。

　全てを自己完結することは、今までの道辺の生き方そのものでした。

　道辺の顔からも対決姿勢は消えて行ったのでした。

「よろしくお願いします」

「きゅう舎が社長さんご自身の会社とお認めになりましたら、仕入れ先に伺うことはありません。それに領収書の不備も認めることにします」

「修正申告のこともありますので税理士と相談してからでいいですか」

「修正申告はこちらでさせていただきます。税理士さんにお支払いする費用もカットできますから。書類が出来上がりましたら、お持ちするか郵送でお届けしますので社印と捺印を頂け

れば、今回の税務調査は終了します」

　道辺は、自分が窮鳥入懐状態の今が潮時だと思ったのでした。

　郵送ではなくて、修正申告を携えて主任税務調査官が一人で道辺を訪ねてきたのは、数日後のことでした。調査中は調査先から提供されるお菓子や飲み物を一切口にしない税務調査官ですが、「お言葉だから一杯いただきましょうか」と言ってお茶を口に運んだのは、道辺が修正申告に捺印を終えた後でした。

　道辺も黙してお茶を飲むことで、一つの区切りとしたのです。

　修正申告の納付を終えると、緊張感から解放された道辺に疲労感と倦怠感がどっと押し寄せてきたのです。

　何も思いつかないまま、道辺が目を閉じていると、道辺は知らず知らずのうちに夢の世界に入っていました。主任税務調査官が仲間と慰労会の食事中の夢でした。

　「今回ばかりは一筋縄ではいかないと思っていました。『統括』はさすがですね」

　「『統括』は優しく脅すのが上手いからね」

　「それにしても、あれはお粗末でしたね」

　「風呂敷包み一つを預かってくれと頼まれただけで何も知りませんと、はなから開き直られ面食らいました」

　「あの風呂敷の中にはお宝があったのに」

　「あのとき『上席』が躊躇したのは、あの風呂敷の中身がお宝ではなくて、毒まんじゅうの可能性を否定できなかったとい

うことですよ。曲がりなりにも法人登記がされているからね」

「『統括』は、中古業界の『闇』を暴露するお考えは持っておいでにならないのはわかりきったことですから」

「どうしてですか」

「かくすればかくなるものと知りながら、やむにやまれぬってとこです」

「大和魂ですか」

「そうではなくて、『闇』を構成している大部分は、弱者が背負わされている『必要悪』でできているからです」

「そう言われてみるとそうですね」

「『統括』は根っからの『ソロバン役人』だからね」

道辺は夢から覚めても、「ソロバン役人」の言葉だけが夢の名残となっていたのでした。道辺は夢の謎を読み解きたいと思いながら考えを巡らせていました。

「このまま中古フォークリフトの業界のしきたりの現金仕入れを続けていくと、また同じことになるのは目に見えていて、大げさに言えば、仕入れ価格と、フォークリフトの簿価の大きすぎる差額の中での人間模様が白紙領収書となり、領収書のロンダリングのために地下トンネルを通ることになり、商道とはかけ離れた取引の形から抜け出すことができなくなる。立場を変えると、『ソロバン役人』は道辺商事という引き出しを持つことになり、ソロバンが合わなくなったときには容赦なく税務調査をねじ込んで、トンネル会社を人質にして確実に帳尻を合

わせてくるはずだから……」

　道辺の思考が行き詰まったとき、中古建設機械販売の社長の言葉を不意に思い出したのでした。

　「あそこはよう、ご無理ごもっともを通り越しとるでよう。けんかしても無駄だわなあ。次の調査までにどれくらい荒稼ぎができるかだで、そこんとこはよう、専門官はよう、ちゃんと計算できとるでよう。素人はよう、ちょっとでも納税を逃れようとするでよう。あそこはよう、一枚も二枚も上手だでよう。『まな板の鯉』になれるかだでよう」

　「税務調査の報告書は税務署内で活字となって保管され、次の税務調査のときに担当者に引き継がれるのです。調査官が同じ会社を２回続けて担当することは原則としてないのは、調査官の心労を軽減するためでもあるのです」

　中古建設機械販売の社長の「ことば」は長年の風雪に耐えた人だからと道辺は思ったのでしたが、なぜか「まな板の鯉」が道辺の頭から離れなかったのでした。やるべきことをやり遂げて、後は全てを受け入れることだとすれば、「備えあれば憂いなし」の備えとは何かを求めると、自ずと答えが出るはずだと道辺は思ったのでした。

　中古建設機械販売の社長の朴訥（ぼくとつ）としたしゃべり方に、精緻な計算が隠されていると考えれば、備えとは、税務調査が入って

修正申告をすることになったとしても、重加算税（増差税額の35％）にならなければ、対処できるだけの資産を常に内部留保していると考えれば、すべてに合点がいくと道辺は思ったのでした。

通常の修正申告の過少申告加算税が10％とすれば、中古建設機械販売の社長の精緻な計算がそのことを意味していることになるはずだと道辺は思ったのです。

道辺が過去の取引を振り返ってみると、中古フォークリフト1台の仕入れ単価が大きくなれば利益率は下がっていたのでした。良質な中古フォークリフトは利益率が悪いことを示していました。裏を返せば、優良フォークリフトは、クレームのリスクが少ないことになり、経営の安定につながるのでした。

このまま、トンネル会社で切り抜けても、修正申告を無条件で受け入れるにしても、カラクリがそのままでは、また同じことを繰り返すことになると道辺は思ったのでした。

そして、天を仰いで、今の気持ちを言葉にしたのです。

「全ての原因は、自分の今までの積もり積もった歪（いびつ）な生き方にあると考えれば、商いの正しい道を歩み始めることで、今までの生き方から脱却できる未来が0.1％でもあるのなら、ためらうことはない」

道辺は、お茶をゆっくりと喉元に注ぎ込むと、一瞬、税務調査官が商いの神様の使徒だと思えたのでした。すると、今まで

の中古フォークリフトの仕入れ先との取引への執着心は次第に薄れていったのでした。

　道辺が税務調査で窮地に立たされたことは公然の秘密でした。反面調査に巻き込まれたくない業者が道辺を遠巻きにして、道辺の一挙手一投足を凝視していたのでした。今までとは少しだけ雰囲気の違う日常の中で、当面は「BUYING TOUR」のガイドの仕事をしながら、反面調査の余熱が冷めるまで、道辺はじっと待つことにしたのでした。

　それから数か月経たときに、一条の光が差し込んできたのでした。

　浜松市でフォークリフト修理販売業をしている遠州自動車商会株式会社に「BUYING TOUR」の目玉として、海外からのバイヤーを連れて、道辺がいつものように立ち寄ったときのことでした。

　遠州自動車商会の浜田社長が胸のポケットから自分の名刺を落としたのをバイヤーが拾って、それを差し出しながら、宝物でも拾ったように、興奮した声で道辺に話しかけたのです。

　:Please ask him if he deals in Toyota Parts as well.
　「浜田社長、フォークリフトの部品も買いたいとのことですが、どうしましょうか」
　「あの人たちの希望に合う値引きは無理ですよ」

:He says he can hardly meet your target price.

:Well, I still insist that he just give us his best offer.

「ここで、取引の可能性を引き出すには、駆け引きをしていては駄目ですから、私の方のコミッションは全てバイヤーに請求しますので、浜松の御社渡しの金額を提示していただけませんか」

:Before diving into the real-deal negotiation, we must have your agreement on a 5% commission to us.

:Ok, that's a deal.

:Thanks a lot. Now we are all set to press further the talk.

道辺は浜田社長の一発回答を期待したのでした。

「40％の値引きではいかがでしょうか。部品から利益を得ようとは考えていません。いつもお世話になっている道辺さんに頼まれては、いい加減な返事もできませんので」

「40％レス」は日本刀の切れ味の数字でした。38％でも、42％でも交渉は決裂したはずです。その理由は、2％に三者三様の思惑が見え隠れするからです。

:40% less the list price.

:Done! Mark my words. I accept all your conditions. And

let me send you a trial order as soon as I'm back home.

:You can't be more thankful to Big boss, can you?

「シャ　チョウ　サン　ドウモ」

　どこで覚えたのか感謝の言葉をバイヤーは日本語で口にしたのでした。

　トントン拍子に話が進んだので、道辺は意外にも自分がいちばんわかっていないと思ったのでした。

　その日から10日後にバイヤー側から連絡が入ってきました。来週、部品仕入れの最高責任者が日本に行くことになったので会ってほしいという内容でした。

　道辺は二つ返事を返したのです。

　今回のバイヤーはベルギーの会社の人で、名前をポール（PAUL）と呼ばれていました。フォークリフト仕入れのエキスパートで会社では上席の取締役でした。

　会社はベルギーにあり、フォークリフトの販売とレンタルをヨーロッパ全土の展開している会社でした。会社の名前は、FORKLIFT TRUCKS & PARTS NV です。日本人向けには、略して　FTP NV を採用していました。

　それまでの道辺は部品に対して間違いが許されないストイックな取引だと思っていたのでした。部品の話が動き始めても、ストイックな取引とひとまとめにしたので、道辺自身は身動きが取れなかったのです。

　先の読めない状況で、道辺は FTP NV の部品仕入れの最高

責任者と面談を始めたのでした。

　道辺がホテルで最高責任者から手渡されたものは、遠州自動車商会での部品の会話をレポート風にまとめたものと、サンプルオーダーシートに部品番号が次々に書き込まれた注文予定リストでした。

　中古のフォークリフトの売買の攻防は1万円から5万円の範囲であるのに対して、部品の攻防は、価格ではなく、値引き率になります。

　価格は、は1%の攻防である事実を目の当たりにして、道辺は生半可なYESを並べるだけでは、土俵際まで追い込まれるのは必至と思い直して、5%の利益を削ることで「死中に活」を求めたのでした。

　:I will give up 1% to you.

　:But that would only leave you with 4%, wouldn't it?

　:Yes obviously.

　:Well, it's a great help for us considering the current strong-yen.

　道辺は、隠していた1%の存在理由を見せつけたのでした。

　:I hope you understand what this 1% from us means to you.

　:I'm not quite sure what it means.

:It means I want you to agree not to file complaints on damaged parts.

:Can you be more specific?

:Yes of course. My experience tells me that it is during the transportation from Nagoya to your place and the transportation alone where 99% of all the damages on the goods somehow occur. What's worse, nobody can prove when and how during the transportation.

:Well, that's a clear explanation but it is difficult to put it into a written rule between us.

:I don't ask for the rule in writing but only your good faith.

:Alright, the 1% is much appreciated. That's a deal in good faith.

　道辺が急所に打ち込んだ「1% FREE」は、クレームに含まれる処理の多くの時間を省く目的が主で、金銭的な処理の煩雑さを回避することが従でした。

　道辺の戦略は、コンテナに中古フォークリフトを積み込む際にできる空間（デッドスペース）を利用して、海上運賃をゼロにすることにあったのでした。

　そこまで経費をギリギリまで切り詰めても、利益が見込めるかどうかわからない過酷な取引でした。

　道辺は前回の税務調査の惨めな修正申告を繰り返したくない

という決意を胸に秘め、過酷な取引を始めることになったことも、自分に課せられた試練と捉えようとしていたのです。どんな犠牲を払うことになってもこの使命を完遂したいと道辺は確かめるように心に刻み込んだのでした。

　FTP NV からの最初の部品注文は、合計金額が５万円にも満たなかったのでした。浜松からの部品の引き取り運賃分の利益も出せない負け戦でしたが、道辺は戦っている自分の姿に畏敬の念を禁じ得なかったのでした。

　道辺は間尺に合わない部品の仕事を見えざる手に導かれるように黙々と続けたのでした。部品をチェックして、梱包して、ケースマークを貼って、保税上屋に納品するたびに、道辺の中に部品への愛情が蓄積されていったのでした。

　そして、一本の電話が、道辺の足元を照らしたのでした。

　道辺の古くからの取引先である、メーカー直属の正規ディーラーの本社営業部の塚本部長から電話が入ってきたのです。
　「道辺さん、塚本です。ご無沙汰しています。どうなさっているのかと思いまして」
　「こちらこそ塚本部長には、ずいぶんとお世話になりました。その当時、ご無理もずいぶんと聞いていただいて感謝しています」
　「こちらこそ、ずいぶんと助けていただきました」
　「あれから、中古フォークリフトの海外輸出を縮小しましてね。今は細々と中古のフォークリフトとフォークリフトの部品

を輸出しています」

「私どもにも部品の協力させていただけませんか。実は部品の売り上げはリペアマン各自のノルマが毎月25万円でしてね。それをクリアできないで部品販売促進手当を払えないリペアマンも出ることが、ここ数か月続きまして、それが悩みの種でしてね。部品の注文が頂けたらありがたいです」

「ご存じと思いますが、海外の販売価格は半端なく安いですから、半値八掛けとは申しませんが、国内販売のレベルではないです」

「事情はよく知っていますが、参考までに教えてください」

「ちょっと待ってください」

道辺は、仕入れ台帳を取りだして部品の定価と仕入れ原価をメモして、具体的な調べに入ったのでした。

「定価が5%違っていますね。今の仕入れは定価の40%レスですから、45レスならいいですよ」

道辺は塚本の立場を理解した上で、一気に勝負に出るタイミングだと思ったのです。そして、控えめで確実に果たせる数字を用意したのでした。

「大きな数字はお約束できませんが、毎月50万円の部品注文は保証します」

「即断はできませんが、前向きに検討させてください」

道辺は、昨日届いた注文リストをそのまま見積もり依頼として送って、サンプルオーダー予定と併記したのでした。

　取引条件は、メーカー在庫の有無があるので、即納可能な部品だけとし発送部品の支払いは、COD（Cash on Delivery）現金決済としたのでした。成功報酬が原則の修理業界の商習慣として、末締めの翌月末払いが定着していたのでした。

　ディーラーからの部品の発送日と翌日の部品の受取日を考えると、CODは、実質的に前金に近い攻撃的な提示になったのでした。

　それは、道辺が中古フォークリフト売買の現金取引を踏襲したに過ぎなかったのですが、相手にとって売掛金の回収リスクがゼロになることで、相手を動かすには十分のインパクトがありました。

　それは部品の取引では画期的なものでした。

　数日後に塚本部長から快諾の回答がありました。

　時を同じくして、FTP NVから船でなく飛行機で部品を運べないかとの打診があったのでした。

　道辺は自分に言い聞かせたのです。

「生き残るためには、部品の輸出専門として生まれ変わるしか道はない」

　船便は日本からヨーロッパまで運ぶのに30日もかかり、FTP NVからの部品注文はFTP NVの在庫用部品の定数量の不足分の補いで緊急で必要な修理現場からの部品は含まれてい

なかったのでした。

　一方で、空の便は、ヨーロッパでの修理車両に直結していて一日到着が遅れると修理の予定が大幅に狂ってしまうこともあり、部品納期の厳守が要求されるものでした。

　浜松の遠州自動車商会を外し、正規ディーラーから100%の仕入れに切り替えた選択は正しいことが、一か月後の売上げが倍になったことで証明されたのでした。

　それから半年後、売上げが３倍になって利益が安定したのでした。道辺は商いの軸足を中古フォークリフト本体の輸出から部品の輸出に完璧に舵を切り、フォークリフトの本体の取引を全面的に閉じて、道辺商事の商いを部品の輸出専門商社に切り替えたのでした。

　それは商いの道を歩き始めたことでもあったのです。

　これで、「常住不断」の章を終わります。

　皆さまと共に、道辺路傍のそばであきないをするすがたを見てきました。

　日本がプラザ合意から大幅に円高に動いた時代です。

　大きく揺れ動いた日本社会で、地に足を踏ん張って生き抜く道辺の姿に、過去のご自分を重ねられたお方もおいでなのではないでしょうか。

　次は、「生々流転」の章です。

　皆さまとご一緒できることをありがたく思っています。

第2章

あきないは　生々流転　苔むさず
生まれるえにし　消えゆくえにし

学童期に家庭の事情により転校を経験なさった方は多くいらっしゃいます。

　教室の黒板の前で自己紹介をしたとき、緊張したことを、何年もの間、鮮明に覚えていらっしゃる方の多くは人生で初めての経験だったのでしょう。

　学童期の転校であれ、受験であれ、就職戦争であれ、社会人になってからの出世競争であれ、人生に転機は付いてまわるものです。それを、人生の試練として、正面から向き合うところに「流転」は生まれるのです。

　戦国武将の言葉に「願わくば、我に七難八苦を与えたまえ」があります。これこそが「流転」に対する心構えだと思います。軽い気持ちで「流転」に挑むと弾き飛ばされます。商いにおいて、商売替えは「伸るか反るか」の運を天に任せての大勝負の「流転」なのです。

　「失われた10年」「失われた20年」と衝撃的な文言が日本の経済界を覆い尽くしていましたが、果たして、それらは適切な言葉でしょうか。1990年の日本の人口は1.235億人でした。阪神淡路大震災で神戸がアジアのハブ港の地位を失い、その地位は東京港ではなく、中国や韓国と入れ替わったことで、世界の潮流に取り残された錯覚が生んだ文言なのです。

　「流転の10年」「流転の20年」と文言を入れ替えれば、ミクロの視点から、小企業及び零細企業、とりわけ「一人会社」がどう生き延びてきたのかが見えてきます。

　誠実を続けていく人に「流転」は必ず微笑むのです。

生々流転の章では、道辺は中古フォークリフトの車輌そのものの商いから、フォークリフト部品の商いに、完全に商売替えをすることになります。

　中古フォークリフトの商売は能動的に動き、ビジネスチャンスを広げて商談を一つ一つ積み重ねて最終的にビジネスに結びつけていくのに対して、部品の商売は、受動的に動き、ビジネスチャンスが訪れるのをじっと待って、商機を逃さず、一気に受注まで進むのです。

　中古フォークリフトの商売では、白紙の状態から大まかな枠組みを書き込む段階でフォークリフト本体の知識が必要となります。売り買いが相対取引となり、ときに駆け引きをする上で経験値が物を言うことになります。フォークリフトが、部品の集合体と考えれば、部品は稼働時間と共に劣化していきます。完全な中古フォークリフトが存在しないとなれば、商談の答えは一つではありません。売る方が強いのか、買う方が強いのかの綱引きで最終的には決着します。

　部品の商売はフォークリフトを構成している部品一つ一つに、メーカーからの固有の部品番号と定価が付与されています。インフレ率を考慮して、年に一度だけ価格改定があります。部品販売の利益は、そこに加える技術料もありませんので、単なる取扱い手数料になります。

　中古フォークリフトの商売と、部品の商売は真逆とも言えるのです。

道辺の「流転」の行く先を皆さまとご一緒できれば幸いでございます。

　道辺が中古フォークリフトの取り扱いを完全に停止して、フォークリフト部品の商売となってからは、仕入れ先は全てフォークリフトメーカーの正規代理店になったのでした。すべての決済は、銀行振り込みとなって、今までの表に出せない領収証の悩みが、道辺の中からスーと消えたのでした。このことは、部品の商いに切り替えた最大のメリットでした。

　「シェークスピアの『止まぬ雨はない』も、古代中国の『禍福はあざなえる縄の如し』も、日本の『一の裏は六』も、人が生きながらえる上で、貧しさにめげないで、苦しさにも負けないで、明日への拠り所になっているのです」

　道辺にのしかかってきた悩みは商売替えの初期に起こり得る「カルチャーショック」に近いものでした。部品の取引の常識が、中古フォークリフトの取引とあまりにも乖離していたからです。
　道辺の疑問の一つは、中古フォークリフトを扱っている会社のほとんどが、部品の併売をしていなかったことでした。中古フォークリフトの販売会社の多くは自動車の修理業からスタートしていました。道辺は、単純に部品の単価の安さが肌に合わないのだろうと思っていました。しかし、それは、疑問の解決

にはならなくて、単に疑問を押し入れに仕舞うことでしかなかったのです。

「いかなる事態に遭遇しても、始めたばかりの部品の商いは決して諦めない」

道辺は自説を曲げない不退転の気持ちを胸に深く刻み込んでいました。

取り扱う商品が変わることだけで、こんなにストレートに悪縁から脱皮できたことに驚愕し、見えざる世界からの眼差しを直感することができた道辺は、この良縁を終生大切にするのが、自分の使命だと悟ったのでした。

「世の中には、不条理の中にも、小条理があり、不正義の中にも小正義があり、悪の中にも小善があります」

「必要悪」が認められていたのは、GHQ統治下の7年間だけで、国家が国家として機能し始めた後も、お金がないのは首がないのに等しいという考えの「ゴールド万能主義」と、税金を国庫に納入すれば、何をしても許される「バレなきゃ合法主義」は、連綿と今日まで続いているのです。

道辺がフォークリフト部品の仕入れ先を正規ディーラーにしたのは、安価な仕入れで利益を求めることよりも、安定した仕入れと品質保証で着実で安定した利益の確保と、メーカーから

ディーラーへの部品の出庫記録と純正部品の固体識別を重視したからでした。

　「全ての日本のメーカーの純正部品には、部品番号と部品名とリファレンスナンバーが付与され、バーコードで管理されています。部品の完璧な管理なくして円滑な部品供給はできないのです。

　それぞれのメーカーでの部品価格の差は製造過程や材質の違いにより避けられないことですが、ボルト１本でも疎かに扱うと事故につながるのです。

　部品には価格の差はあっても、優劣はないのです」

　道辺はこれからの取引においての「ヒューマンエラー」について考えていました。

　「人が関わる以上、間違いを避けては通ることはできません。机を並べたときから、人は常に間違いを繰り返していて、教育の名の下に、間違いをしないことが正しいことだと教え導いています。それを教育者も、教育を受ける者も、全員が理解することを教育は目指しています。

　人は間違いに気づけば、誰もが条件反射のごとく修復していますが、それを完全に理解している教育者は限られているのです。

　発明や発見は失敗から学ぶことから始まるとすれば、間違い

を修復できる能力は人間が身につけたものの中で一番価値があると言っても過言ではないはずです」

　考えがまとまらないままに、机の上に書類を山積みして同僚から「これでよく仕事ができるね」と言われ続けていた昔を道辺が懐かしんでいると電話が鳴ったのでした。

　「日本からヨーロッパまで、船で何日くらいかかるのかを子どもが聞いてきましてね。いい加減なことは答ええられませんので、教えて頂きたいのですが」

　「正確なことは、欧州航路を持っている船会社に聞けばわかりますが、子どもさんにお答えになるのでしたら、おおよそ一か月です」

　「そんなにかかるのですか」

　「中継地での荷下ろしと荷揚げや運河や海峡を通りますから、それに水や食料を中継地で積み込みますから、コンテナ船がスピード化していても航行日数は 30 日になります。シンガポールまで、11 日ですから、子どもさんにもわかりやすいと思います」

　「そうですね。シンガポールまでの 11 日は、説明するのに役に立ちます」

　「日本からヨーロッパまでの物流は海上コンテナ輸送と航空貨物輸送があります。海上コンテナ輸送の利点は重量や大きさの制限がないのに対して、航空貨物便では重量や高さに制限があります。航空貨物便は経由地の国の数で日数が違ってきます

が、日本からヨーロッパまでは平均して３日から４日です」

「ありがとうございます」

聞いたことのある声だけが耳元に残ったまま、話し相手を確認することなく会話が終了したことが、道辺には心地よい不思議な体験でした。

道辺は電話の続きを思い浮かべていました。

「FTP NV では、在庫用部品の注文を STOCK、緊急部品の注文を RUSH として、前者を海上コンテナ便の貨物の混載（合積み）で運ぶのに対して、後者は航空貨物便で運びます。

コンテナ船の場合は重さが基準となり、航空貨物の場合は容積が基準となり、それぞれのベストミックスの混載の求め方が違っているのです。船と飛行機では梱包のレベルも違います。最終的な輸出梱包の荷姿を受け入れるか、再梱包を指示するかは飛行機会社の判断です。飛行機がエアポケットに突入し、急降下したときに、貨物同士のクラッシュが起きる可能性があるからです」

部品の輸出が軌道に乗り始めた頃から航空貨物（RUSH）注文のボリュームが急に増えたのは、ヨーロッパ大陸の修理現場を支える「フォークリフトのアフターマーケット市場」のサプライチェーンの一角に道辺商事が食い込んだことを示していました。

一方、海上貨物（STOCK）の注文は、徐々に少なくなっていきました。海上貨物で扱う荷物の量が減少したことで、搬入先も、設備の老朽化した保税上屋に変更になり、取り扱いのランクが下がったのは明らかでした。

　船積み契約は、EX-FACTORY で保税上屋に搬入すれば完了となり、FTP NV に請求書を発行することが可能でした。

　設備の老朽化した保税上屋で奇天烈なことが起きたのでした。

　新しい日付の STOCK の注文番号が連続して先にベルギーに届いたことで、取り残された STOCK の注文番号の再調査の依頼が FTP NV から何度もあり、調べた結果、保税上屋の片隅で一か月以上も、その部品が船積みを飛ばされて置きっぱなしにされていたことが判明したのでした。悪いことは重なるもので、その当時、スエズ運河での通行トラブルで船の航行の遅れに加え、コンテナのスペース確保が困難になっていたという逆風も吹いていました。道辺は半ば意図的に直近便を飛ばし、次船便も飛ばされ、そのまま放置された確信犯の可能性を直感しましたが、保税上屋の担当者は謝るだけで納得のいく説明はなかったのです。

　神戸市の本社に説明を求めたのですが返事はありませんでした。

　このまま続けても同じことが何度も起きる可能性があるのなら、この事件を利用して、全ての部品を航空貨物に切り替える

メリットがあると道辺は判断したのでした。

　EX-FACTORY 契約及び FOB 契約の場合、運送に関しては全面的に、FTP NV の TRANSPORT DIV が取り扱っていて、輸出元である道辺商事が運送に関して口を挟む問題ではなかったのですが、道辺は FTP NV の幹部に一直線に自分の考えを述べたのでした。

　:I must re-consider the advantage of airfreight for even your stock orders.

　追い風となったのは、中部国際空港（CENTRAIR）の開港でした。

　さらに、もう一つの追い風が、海上輸送の主力商品である、ラバーマットやマウントラバーのゴム製品やホイルやプレートの鉄製品で運送コストの比率が高い部品は、すでに中国からの買い付けが FTP NV で実行されていたことでした。

　道辺は、ベルギーに思いを巡らせていました。

　「ベルギーとの時差は８時間、時差を最大限利用するには日本で、午前中３時間、午後５時間、終業時間を 18 時とすれば、ヨーロッパのサマータイムを考慮しなければ、双方の勤務時間が重なるのは２時間となる。　FTP NV で２時間の残業をシフト化しているとすれば、日本時間では 16 時から 20 時までは

FTP NV の部品担当者と電話での打ち合わせができることになる。16時までに昨日までの取引の問題点を日本語で取り上げて、大事な言葉を英訳してメモにして机の前に貼り付けてから電話をする」

　道辺が貿易相手国のことを詳しく調べることを避けてきたのは、表向きは取引上で障害となる余計な知識を排除する理由からであったのですが、実際には「MADE IN JAPAN」が全てに優越していたからで、相手国のことや、営業戦略や、戦術など必要としなくても取引が約束されていたからでした。

　道辺が FTP NV と取引を始める以前のベルギーの知識はドイツ、フランス、オランダに挟まれたヨーロッパの中央に位置する国というくらいの浅いものでした。

　道辺は、「MADE IN JAPAN」を振りかざしても未来は開けないことは肌で感じていて、相手のことを十分に知ることで対等な関係が生まれる時代の到来を確信したのでした。

　まずはインターネットでベルギー国の情報に触れることにしました。

　「ベルギーはフランスとオランダとドイツに囲まれた小国で、どの大国にも偏らない等距離外交で独自路線を貫いていて、NATO（北大西洋条約機構）の本部や EU（欧州共同体）本部が置かれている国です。

　軍事、経済のヨーロッパの中心に位置する小さな巨人です。

オランダ語とフランス語が公用語として認知されています。NATO や EU 本部を筆頭に名だたる国際機関の誘致に成功を収めているのは、母国語を持たないことを逆手に取り、中立性を保つことで国の安定と繁栄を手に入れる卓越したバランス感覚を国民全てが共有していることが大きな力になっています。

　仮に日本が母国語を持たないで、韓国語と中国語が話されていた国とすれば、敗戦後、英語が日本の公用語になっていた可能性はゼロではありません。

　自国の言葉には万人をも惑わす魔力が潜んでいると考えると、母国語を持たないことで、逆に魔力に惑わされない特別の解毒剤が国民の DNA のなかに組み込まれるのです。

　国土も人口も日本の 10％にも満たないベルギー国に多くの分野で日本が後塵を拝するのは、ヨーロッパの中心に位置する立地条件に加え、ベルギー人の柔軟性豊かな思考力から生み出されたものです。

　ベルギー国には、アントワープ港とブリュッセル空港があります。オランダのロッテルダム港がヨーロッパ最大ということもあって、古くからビジネスに関わっている多くのベルギーの人たちは、オランダ語を使用してきた歴史があります」

　道辺のなかで、ベルギーとベルギー人に対しての、親近感が生まれたのでした。

　FTP NV からの部品注文は全て航空貨物輸送に切り替わり

ました。

　このことは、ベルギーの人に、合理性に富んだ決断力が備わっていることの証でした。日本からの買い付け部品と中国からの買い付け部品は明確に区別されていて、日本からの買い付け部品全てを航空貨物便で運ぶメリットが浮き彫りになったのでした。

　セントレア空港が開港されると航空貨物の利便性が更に現実となりました。今までは、関西国際空港からの航空貨物便で運んでいましたが、セントレアからも航空貨物便をベルギーまで飛ばすことができるようになり、道辺商事の取引に利便性が直結することとなったのでした。
　通関上の問題があれば、常滑市のセントレアのカーゴターミナルまで車を飛ばして、荷主として直接解決することが物理的に可能となりました。それは、道辺に精神的な余裕をもたらしたのでした。

　実際にパッキングリストとケースマークが違う問題が発生したときは、道辺が車を飛ばしてセントレアの航空貨物エリアの保税上屋に乗り込んで快刀乱麻の働きをして半日で解決しました。セントレアの地の利を味方につけ、起死回生の切り札を道辺が手中にしたことは、道辺の自信に直結したのでした。
　セントレア空港開港直後から、道辺の思惑通り、緊急部品

（RUSH ORDER）の注文が堰を切ったように流れ始めたのでした。セントレアが開港し、以前の関西国際空港からのフライトと比べて、ベルギーの到着日が短縮されたことも決定打となりました。セントレア空港開港は、最短納期が要求される緊急部品取引の必要十分条件を完全に満たすことができたのでした。セントレア空港開港によって、道辺は計り知れないメリットを商売の神さまから与えられたのです。

　そして、FTP NV からの注文は着実に増加していったのでした。

　注文が増え続けるのは喜ばしいことに違いはないのですが、アクセルを踏み続けると、気がつかないうちに売り上げ至上主義に突っ走ることになり、黒字倒産になる可能性は決して低くはないことを、道辺は本能的に嗅ぎつけていました。売り上げ至上主義を完璧に閉め出すために道辺が用いた手法は、「シャドウ　ビジネス」に徹するというものでした。

　「如何に売り上げが増え、立場が強くなろうとも、追加の値引き交渉は一切しない。利益が確実に見込める特別な値引き部品でも、手を出さない。なにも変わらないし、なにも変えない」

　食事の最中に、道辺はふと箸を止めました。

　「良縁は悪縁の上着をまとい、悪縁は良縁の上着をまとうと

すると、セントレア開港は、誰もが利便性を受け取ることができて、両手を挙げて喜んだ良縁が悪縁となる可能性があるかもしれない。今の状況が正常なのか、正常のように見えて異常なのかを突き止めないといけない」

　急いで事務所に戻った道辺がしたことは、直近二か月の部品の輸出実績をフォークリフトメーカーごとにグラフにすることでした。セントレア空港開港前と後ではメーカーごとの売り上げグラフの線は概ね右肩上がりになっていました。それは、道辺の予想していたグラフ曲線でした。さらに直近一か月の詳細なデーターをグラフにしたものに、一か月先の売り上げ予想グラフを書き足して、道辺は、それを机の前に張り出したのでした。

　「このまま無策のまま進めば、悪縁になる」

　その根拠は、売上高の一番大きなメーカーの伸び率が突出していたからでした。
　道辺は風林火山の中から風と林の二文字を選んだのでした。

　風のように素早く動くこと。
　このままだ資金ショートでエンストを起こしかねない危険性の回避でした。幸い日銀は金融緩和に舵を取っていましたので、後は誘い水でした。

その時、風と共に舞い込んだのです。

「このたび、この地区を担当させて頂くことになりました。新人の谷口です。よろしくお願いします」
「ごくろうさまです」
「社長、どうですか」
「どうですかと言われましても、毎年決算書を渡していますので、おわかりのことだと思いますが」
「社長さま、どうですか」
「そんなに利益の上がる会社ではありませんので……」
「是非当行から、ご融資させて頂けないでしょうか」
「長いお付き合いですから、協力はさせて頂きますが……」

　翌日には、上席が新人を連れて、融資の話を引き継いだのでした。そして、二週間後には融資が内定しました。並行して続けていた道辺商事の増資手続きも、ほぼ同時期に完了したのでした。

　林のように静かに構える。
　道辺が選んだ戦術は、売上高が２番目以降のメーカーの部品出荷を二日遅らせるというものでした。
　売上高の一番大きなメーカーのディーラーだけは従来通りファックスと電話での対応とし、あとのメーカーのディーラーとの対応はファックス専用にしたのでした。

売り上げがピークアウトしたのは、それから3か月後でした。

　道辺商事に税務署から税務調査の事前通知が入ったのは、部品仕入れと支払い、売り上げと回収がよどみなく回り始めて、道辺商事の経営が安定期に入った頃でした。

　税務署の底流には、世界金融の礎を構築したユダヤ人の金言「豚は太らせてから食え」があり、売り上げが減少している会社には触手が伸びないのは公の組織といえども税務調査のノルマが課せられている限りにおいては道理でした。

　道辺商事の取引がフォークリフト部品100％の専門商社になって、実績も積み重ねていて、中古フォークリフトの取引から完璧に決別し、道辺は別の世界の住人になっていたのでした。輸出取引での消費税還付申請のための仮決算を年4回、本決算を年1回の実績は法人の健康診断を年5回しているようなもので、その上にもう一度となると、道辺には税務署の意図がわからなかったのでした。

　今回は、めずらしく女性の税務調査官でした。

　道辺の提出した総勘定元帳と納品書綴り（仕入れ台帳）、請求書綴り（売り上げ台帳）は完璧に近いものでした。領収書の控えもほぼ完璧に近いものです。

　「完璧主義の裏返しは適当主義でありますが、完璧主義にも落とし穴があり、適当主義にも取り柄があります。素人の完璧主義は直ぐ綻びが露見するのに対して、素人の適当主義はなか

なかほころびが露見しないのは、当局の担当者が適当ではないからです。適当主義者には、適当な調査官が成果をあげるものなのです」

　今回の調査で唯一問題にされたのは決算月の部品在庫の扱いでした。通常の税務調査では成り行き案件となる場合もあるくらいのレベルでした。

　通常は、一つの綻びから隠蔽された不正を暴くのですが、成り行き案件は今後改善されるべき案件であり、行政指導の域を超えない壁がありました。

　道辺は女性の税務調査官が事前に部品のことを調べ上げていたとしても部品の取引の詳細までは理解していないと考えて自分の考えを押し通したのでした。

「道辺商事には部品倉庫がありません。部品を一時的に保管する場所は事務所しかありません。事務所は部品の保管場所としては適していません。30日以上の長期在庫となれば、劣化も加速し価値は限りなくゼロとなるのが現実です。月末での在庫扱いは合理的ではありません。部品には一度課税すれば済むことですので部品が売れたときに課税すればいいだけの話ではありませんか」

「特例を作ることも、ご提案を認めることもできません」

「過去に税務調査で問題を指摘されたのは事実ですが、その都度、修正申告をしてきていますし、部品だけの取引になりま

したので、以前ご指摘のあった私的領収書の改善点は全て現金振り込み決済になっていますので、クリアになっています」

「そのことは、こちらでも確認できています」

「見積もりから受注を経て、仕入れ、検品、通関までを流体力学で言うところの刻々変化する質量を最終的には利益に結びつける商人と、質量を不変のまま公平を標榜する税務署とでは水と油の関係で水と油は瞬時混ざり合うことはできても、そのうち性質の違いで分離してしまう定めなのです」

　思いとは裏腹に、道辺は、にわか便宜主義者になって年度末時の在庫を税務官の指摘を受け入れて修正申告することで税務調査を一日で幕引きとしたのでした。

「税務調査では雄弁に語ることには意味がなく、数字だけが意味を持ちます。数字は、友にもなり、告発者にもなるのです」

　現実的に考えて、次回の税務調査は近々にはないと道辺は確信して、税務調査のことから離れて、部品のことを考えていました。

「自動車部品との共通化も遅遅として進んでいないのが現状では、フォークリフトの部品は100％専用部品と言える。高価な部品でも返品の可能性が閉ざされていれば、結果として、ス

クラップ処理は免れない。それは、返却部品の転売率が0.005%の低さにあり、10年その部品を在庫していても転売できない現実を直視すれば理解できる。

　在庫を棚卸資産にすれば、損切り処理をする時点で勘定合って銭足らずになってしまう。部品の劣化とは、部品そのものの劣化だけでなく会社の資産価値も劣化すると考えれば、処分を一月以上延ばす理由は存在しない。スクラップ業者に無料で部品を引き取ってもらうことと、その部品の価値をゼロにすることとは現実的には同じことであっても、手順に違いがある。部品の価値をゼロにして、それからスクラップ業者に無料で引き取ってもらうのが正解であり、消費税はどの商品にも転嫁されていて部品の価値は消滅しても消費税は消滅しない。スクラップ業者に無料で引き取ってもらった場合は、消費税は実際には転嫁できなくなり、スクラップ業者に消費税分マイナスで引き取ってもらったことになる」

　ピークアウト後、FTP NV からの部品の注文は、大きな落ち込みもなく安定していました。

「2007年からのサブプライムローンを引きずったまま、2008年8月にアメリカの大手証券会社のリーマンブラザーズが経営破綻しました。1997年の山一証券の倒産は、証券会社内部の問題として片付けられていて、1929年の大恐慌とは比べものにならないくらいと思われていたのでした。1980年代

から始まったとされる金融自由化の波はバブル景気を押し上げて、やがてカジノ金融へと変貌していき、リーマンショックで自己完結したのでした」

　道辺は株に投資するだけの余剰資金も持たなかったので、金融経済に興味がないのは当然のことでした。
　アメリカで起きたリーマンショックも実体経済からかけ離れている証券の世界での、言ってみれば遊園地でのジェットコースターのトラブルくらいに道辺は軽く考えていたのでした。
　しかし、リーマンブラザーズ破綻の影響はアメリカ本土にとどまらなかったのでした。リーマンブラザーズの経営破綻から半年後に、リーマンショックの大波が道辺商事を一気に飲み込んだのでした。それは、実体経済を急襲し破壊を繰り返す荒々しいものでした。過剰防衛は、さらなる過剰防衛を生み、保身はさらなる保身を生み、結果として、すべての取引先の財務状態を疑問視し、平社員から経営陣まで、一気に負のスパイラルに飲み込まれていったのでした。

　「FTP NV からの注文は75％も落ち込み、道辺商事の売り上げはリーマンブラザーズ破綻前の実に４分の１まで落ち込んだのでした」

　向かい風の中でも、思いがけない救世主となったものは、道辺が今も現金仕入れを続けていたことでした。現金商売は信

用のない会社のすることと揶揄されてきましたが、リーマンショックを経験し、信用崩壊の中で、道辺商事のキャッシュフローは底をつくことはなかったのでした。

　リーマンショックの横揺れがいつ果てることもなく続く不安定な日常で、道辺は何かに導かれるように、アメリカ合衆国第35代大統領 John Fitzgerald Kennedy の演説集を書棚から取り出していたのでした。1961年のスピーチの抑揚と高揚感に満たされていた若かりし時間を思い出しながら、道辺はゆっくりと読み始めたのでした。

「We observe today not a victory of party

But a celebration of freedom

Symbolizing an end

As well as a beginning

Signify renewal

As well as change」

　音読を終えると、最後にもう一度冒頭部分だけを読み返し、その瞬間、道辺は何か吹っ切れたような気がしたのです。

　憧れ続けた John F Kennedy にアメリカの「光」を見つけ、リーマンブラザーズの倒産にアメリカの「闇」を見つけたことで、道辺の中から輝かしい1960年台前半の残夢は消えていき、新しい気持ちで踏み出せそうな予感が道辺の身体を駆け巡ったのでした。

「リーマンブラザーズ破綻に端を発するリーマンショックは金融経済の中で起きてしまったことなので、金融経済の枠の中で清算すべきものと誰もが思っていて、その上、『MADE IN JAPAN』を標榜する多くの企業家は、実体経済は決して金融経済に負けるはずがないと、強い信念を持ち続けていたのです」

　道辺商事の決算が三期連続の経常赤字になったときに、周りの全てが手のひらを返したように変わってしまったのは、信用保証協会が道辺商事に対して格下げ評価を行ったからでした。その結果として、道辺商事とメインバンクとの関係はギクシャクしたものになったのです。

　「リーマンショック後の世界的な経済の低迷期において、企業の納税額によって、国が救済の手を差し伸べるとしたら、『一人会社』は国からの救済は望めるはずもない。『一人会社』は自らの体力で乗り切るしか選択肢は残されてないことになる」

　道辺が導き出した答えは、「戦」でした。用いる戦法は、風林火山の「火」。火のように激しい勢いで侵略するのではなく、火だるまになって燃え尽くすことでした。そして、「一人会社」の道辺が背水の陣で答えを出していったのでした。

　「役員報酬の75％カット。

資本金を、1500万円から500万円に減資して、銀行からの借り入れを完済して、道辺商事のすべてを自己資金に切り替えること。

　税理士報酬も見直しの交渉が不調のときは、不便は承知で、最も低い報酬の税理士に切り替える。

　梱包資材は、クレームにつながるので、今まで通り」

　「一人会社」といえども、官報に減資告知義務があり、全てが片付いたのは三か月後でした。

　ダウンサイズすることは、蟻の一穴を見つけ出す作業に類似していて、簡単に素人ができるものではありません。売り上げが先行したダウンサイジングは生活の隅々まで行き届くには数年の月日が掛かるものです。

　道辺は、仕事の合間にとりとめのないことを考える習慣がついたのでした。

　「『静脈物流』は返品商品やそれに伴う廃品の回収の地下を誰にも知られることのないような流れを意味する言葉です。

　『動脈物流』はLogisticsで最終消費者に届けるまでの物の流れです。

　別の角度からみると『動脈物流』と『静脈物流』がつながっていることが理解できます。

　フォークリフトの油圧荷役システムを取り上げてみると、作動油が高圧ホースの中を流れ、エネルギを伝達する役目を終え

ると作動油は低圧ホースの中を流れて作動油貯蔵タンクにリターンするのです」

　決算を境にして、今まで信頼に支えられ順調に流れていたものが、三期連続赤字で信頼が消滅し、全てが逆回転を始めたのです。決算を境にして一方的に一斉に逆転するのは不条理には見えますが、平時の診断基準によるリスク管理の数値が組み入れられているとすれば、銀行の豹変も妙に納得できるまでに、道辺は心の平安を取り戻していました。

　糸に操られるように、道辺が電話をした相手は中古フォークリフトを生業にしていたブローカー時代にお世話になっていた駒田フォークリフト修理株式会社でした。

　「駒田社長、ご無沙汰しています」
　「お久しぶりですね」
　「足掛け５年になります」
　「道辺さんに電話をいただくと、まるで昨日のように昔がよみがえりますね」
　「年だけ過ぎていきました」
　「お互いさまですよ。ところで……」

　道辺は思いつくかぎりの言葉を並べたのでした。

「……………」

　道辺はこのまま挨拶だけで終わった方がいいのか、一瞬迷ったあと、ストレートな言葉を選んだのでした。

「たすけてください」

　一瞬の間を置いて、道辺は本題に入ったのでした。

「リーマンショックで海外向けの部品の売り上げが急に落ち込んできまして、国内の売れ行きはどんなものですか」
「こちらは、レンタルが主力商品で多少の落ち込みはありますが比較的安定しています。産廃系はダライ粉や木くずがアタッチメントのベアリングにまで入り込んできますからレンタルアップした時は残価で業者に引き取ってもらっています。道辺さんと商売をさせていただいた頃は、レンタルアップが高く売れましたので、何台かは、うまみのある商売をさせていただきました。今は現状渡しと条件を念押しても後から致命的な故障箇所が見つかると必ずクレームになります。忙しすぎるくらいの方がクレームもなくて済みますから」
「そうですね。苦労の種は尽きませんね」
「どのくらいの落ち込みですか」
「四分の一です」
「25％減ですか」

「75％減です」

「それは大変ですね。道辺さんが大きく部品をされていることは噂では聞いていましたが、そうでしたか」

「海外に並行輸出しています」

「では、国内の部品販売もされたらいいではありませんか。リーマンショックで大変な時ですので背に腹はかえられないですよ」

「そう言っていただけると、ありがたいです」

「私のところはレンタルの引き取り修理と出張修理で使う部品ぐらいですので、たくさんの量の部品購入は無理ですが、大阪にフォークリフト部品を専門に扱う商社を知っていますので、紹介しますよ」

「よろしくお願いします」

「お近くにお越しの時は是非立ち寄ってくださいね」

「ありがとうございます。」

大阪市の福島区と北区には自動車の部品を扱う部品商がひしめき合い、しのぎを削ってきた歴史もあり、部品の聖地と呼ばれています。

道辺が電話を切ってから、一時間もしないうちに大阪の部品商から電話がかかってきたのでした。際だった動きに、道辺は駒田社長の心意気を強く感じたのでした。

「道辺の『たすけてください』に対する駒田社長の篤い友情でした」

　翌日の朝には、道辺商事の前に大阪の部品商の車が止まっていたのでした。事務所全体を見渡しながら、道辺商事の正面玄関から入ってきたのは全国規模でフォークリフト部品販売を展開している、浪速商事（株）の近藤社長でした。
　大阪商人らしく挨拶も端折って話を切り出してきたのは日本輸送機（通称ニチユ）の部品の話でした。

「何年か前ですがニチユで大幅な価格改定がありました。いつもでしたら３％から５％の値上げですと数か月で落ち着きますが、あのときは値上げ率が二桁でしたので、数か月しても落ち着くことがなくて、その時点で値引き交渉をすれば良かったのですが時機を逸してしまいました。いまでもニチユ部品の仕入れに難儀しています。駒田社長から御社を紹介していただいて、いても立ってもいられなくて、大阪から飛んできました。是非お力添えをいただけないかと祈る気持ちです」
「こちらから駒田社長にお願いしましたので、近藤社長のご希望に添えますように最大限の努力をいたします」
「後のことは専務が仕切りますので、よろしくお願いします」

　翌日の午前中に浪速商事の大野専務から電話があり、ニチユ部品に絞って大阪と名古屋の定価の確認作業が始まりました。

メーカーの純正部品標準価格は基本の定価ですが、更に地方価格が取り決められていることも地域の事情であり得るために、事前の確認作業が必要になるのでした。

　作業は電話とファックスで行い、午前中には名古屋定価に統一することが決まったのでした。

　道辺には、この作業を通じて浪速商事に対しての信頼感が生まれました。その信頼感は、かなり踏み込んだ値引き率の販売価格になったのでした。

　その日の午後から、見積もりは途切れることはありませんでした。しかし、注文に結びつくことはありませんでした。

　そして、一週間後に、初めての注文が来たのでした。

　最初の注文は、「ホースプーリー」2個だけでした。海外と比べてあまりの注文の少なさに、道辺は、期待外れと共に、国内販売の現実は甘くないことを知らされたのでした。

　一週間を振り返ってみると、道辺には見積もりばかりで探りを入れてくるのは、いかにも大阪商人らしいと思えたのでした。もう少し冷静になって振り返ると、一つの確かな仮説が浮かび上がってきました。

　「部品の第一義的なものは、道辺が仕入れているニチユ部品ディーラーの技能と知識を見極めること。それは見積もりを重ねることによって、回答の正確さをはかることで判断できる。サンプルオーダーにホースプーリーを選んだのは、プラスティック（樹脂）製品で単に安価ということではなくて、形状

の違いもあり、やすやすと転用できるものではなく、部品のベテランでも間違うことがある部品だということ。大野専務が優先順位一位にあげた答えが『ホースプーリー』で実証されると考えていくと、大野専務は相当慎重に進めている。第二義的な問題は安定供給となる」

　そう思うと、道辺の浪速商事に対しての疑念は徐々に解消されていったのでした。

　FTP NV との部品番号が書き込まれている見積もりから注文書の受注までの一方通行の流れと全く違って、国内の見積もりは、分解図面入手から分解図面を客先が確認して、分解図面の図面上の番号が選び出され、それをディーラーに伝えて部品番号にたどり着く方法でした。一日では部品番号に辿りつかないこともあり、国内販売は道辺には戸惑うことの連続でした。
　最初の日の見積もりは電話で 10 件以上寄せられましたが、道辺は、それをメモするだけで精一杯でした。
　道辺は自分自身が国内の部品の見積もりを迅速に裁くだけのスキルも知識も乏しいことを思い知らされ愕然となったのですが、背水の陣で駒を進めたからには後に引けない気持ちが全てに勝っていたのでした。

　道辺は大野専務に今の自分の力量を素直に話して、意見を求めてみました。大野専務からの返事は意外なものでした。

「とても新鮮でいいではありませんかと申し上げれば、失礼に聞こえますでしょうが、道辺社長のできるところからでいいです。ご希望に添いますのでよろしくお願いします」

　時間に追われないことと記録として残すために、道辺は電話ではなく、ファックスだけでの見積もりを条件としたのでした。
　道辺は回答に要する時間よりも正確な部品番号と分解図面をディーラーから取り寄せ、それを自分で細かくチェックして自分が納得してから確実に部品番号を導き出す手法を選択したのでした。

　その月の浪速商事への請求は、プーリー２個だけで終わりました。

　販売に自信を持っていた道辺が、2,000円の請求金額に将来の不安をぬぐい切れなかったのは事実でしたが、他人を巻き込んで進めた事業なので途中で投げ出す選択肢は決してあり得ないのが、道辺のプライドであり矜持<ruby>矜持<rt>きょうじ</rt></ruby>でした。

　「ほとんどのメーカーは、海外向けの価格と、国内向けの価格は全く違った価格帯を設定しています。それは、海外と国内の事情と状況が異なることに起因しますが、海外に輸出する部品は単品の受注数が10個から25個に対して、国内の受注数

は1個のみで、輸出部品に対して、ボリュームディスカウント方式が採用されています。それゆえ、メーカーの海外事業部は、国内よりも強力な権限を有することになります。数多く売れる輸出型ビジネスモデルと、最小単位しか売れない国内のビジネスモデルとは、全く異質な取引形態と呼べるものです。

　ビジネスは適正利益を追求することで循環するものです。粗利の中から経費が出せなければ他からの借り入れで補填することになり、借り入れが返せなければ、最終的には持続可能な資金循環ができなくなるのが道理の世界です」

　最初から、国内の事情を熟知していれば、値引き率を抑えた価格交渉になっていたはずで、プーリー2個の注文書さえも来なかった可能性を道辺は否定できなかったのです。無謀にも、事前調査もないままに、ワラをもつかむ思いで始めたことですが、意外と「怪我の功名」かもしれないと、道辺はふと思ったのでした。

　道辺がぼんやりと空を眺めていと、雲がゆっくりと流れていました。道辺は独り言を呟きました。

　「もとの『一人会社』に引き返せばいいだけの話かもしれない」

　雲を見送ると、道辺には新たな考えが浮かびました。

　「今までめざしてきたのは、フォークリフト部品を海外に輸

出することだけでした。

　セントレア開港で取扱量が急に増加しても、リーマンショックで取扱量が４分の１になっても、部品を海外に一方的に送り出すことだけでは、『あきない』とは言えない。一つ一つの部品と向き合うことができることが『あきない』の入り口なのだ」

　道辺が打った一手は、知らないことを逆手に取ることでした。
　そして、フォークリフトの修理の技術者に対して、尊敬を込めて使う常套句は次の言葉から始まるものでした。

　「フォークリフトの現場作業をしたことがなく、修理の経験もありませんので、一つ一つの部品を大切にして、これからも努力を続けて参ります。どうぞ、よろしくお願いします」
　道辺の言葉は、ブーメラン効果をもたらし、道辺の心にゆとりが生まれたのでした。

　「知らないということは、わからないと同じではありません。わからないということは、できないと同じではありません。できないということは、知らないと同じではありません。知りたいと思うことも、わかりたいと思うことも、できるようになりたいと思うことも、すべて同じベクトルが働いているのです。それは、社会の一員として職務を全うしたいとの社会人としての強い使命感なのです」

ファックスでの見積もり依頼の書き方も、以前の電話注文を書き移したワードの口述方式から、部品ごとに部品番号、部品名、数量、定価、販売価格に区切られたエクセルの記述方式に切り替わったのでした。

　道辺は、見積もり依頼を毎日消化する作業の過程で、分解図面に接することに心密かな楽しさを見いだしていました。それは、分解図面を見ていると今まで経験してこなかった修理の工程を想像することが少しはできたからで、この部品はなぜ必要とされているのかを推理することにつながっていたからでした。

　「分解図面は部品一つ一つの精緻なイラストの集合体です。精密なミリ単位の平面図面と違って視覚的であり、部品の一つ一つを知っている修理現場の技術者にとっては、修理の指南書となるもので、修理現場が直面する故障の特定に直結するものです」

　半年を経た頃からフォークリフト部品を吸収するスピードと分解図面を理解する正確さが道辺に着実に身についてきたのでした。それは、見積もりの回答時間の短縮となりました。

　「マイナーチェンジとフルモデルチェンジを繰り返しながら進化を続けているフォークリフトの基本は、定数不変が原則です。

定数をドット（点）で表せば、モデルチェンジを重ねても同じ座標上に点が印されることになり、安定の証となるのです。部品を全て販売ディーラーから純正部品標準価格で購入して新車を組み立てれば、おおよそ新車定価の３倍の金額になるのです。その根拠は部品の管理費用にあります。近年、翌日配達の運送便の充実で部品を多量に抱え込む必要がなくなり、部品の収益は確実に大きくなっていったのです。ディーラーの経営の大きな柱の一つとして部品販売における利益の確保が急浮上したのです。

　部品からの利益に大きな修正が生じれば、ディーラーの経営を揺るがすことになりかねないことになります。経営安定の視点からも部品の利益ロスは逸失利益と特別な言葉を使うメーカーも多くあり、ディーラーに対して、どのメーカーも部品の返品には高いハードルを設定しているのです。そのために完璧に実施されているのが、部品一つ一つに固有番号を付与して在庫から出荷まで部品を徹底管理しているのです。

　部品の商いは、人為的な凡ミスを排除することから始まります。ミスを回避するために日々精進し、すべてのミスを排除するまでの険しい道のりなのです」

　徳川家康の人生訓「人の一生は重荷を負って遠き道を行くがごとし」を胸に刻みながら、道辺は部品の見積もりを真摯に重ねることで、商いの道をやっと自分の足で歩き始めたばかりだと思うことができたのでした。

「部品の商いは『見積もりに始まって、見積もりに終わる』と言われるくらい、全ての要素が凝縮されているのが見積もりです」

「日本輸送機株式会社（ニチユ）はバッテリーフォークリフトのメーカーで歴史も長く、トヨタバッテリーフォークリフトと双璧をなしています。

ニチユにはバッテリーフォークリフト専門メーカーとしての経験値を開発に結びつける良さがあり、リーチフォークリフトでは強固なブランドイメージをユーザーの中に植え付けていたのです。

ニチユのバッテリー車は車体形式に全ての情報が書き込まれていて、車体番号は固有の番号で同じ車両は存在しないのです。新車出荷時点の情報が全て記録されていて、その内容と異なれば後から仕様変更された改造車両となり、ディーラーからの部品供給は不確実性を理由に停止されるのです。車両本体の営業は、他社との競合であり、駆け引きもあり、時として採算度外視で守りの営業戦略もメーカーから承認されることもあります。他方、部品は他社との競合は皆無です。寡占ではなく、独占なのです」

道辺の気分転換は空想の世界を漫遊することでした。

「百貨店が大通りの交差点の角に店舗を構え、大勢の客が百

貨店の包装紙を目当てに列をなした昭和30年代は百貨店の全盛期で、永遠に繁栄が続くと思われたのですが、栄枯盛衰は世の常で、質より量の多量消費時代は、百貨店がスーパーマーケットにその地位を明け渡し、スーパーマーケットの繁栄が約束されたかに見えましたが、安価な仕入れに傾倒するあまり品質管理がなおざりにされた結果、客離れが進み、やがて、コンビニエンスストアにATMが設置されると、スーパーマーケットはその地位をコンビニエンスストアに明け渡すことになったのです。絶対的な情報量と分析力と配送力で店内の商品の動きを翌日の販売に結びつける手法は、他の追従を許さない揺るぎない盤石なものと思われていても、いつかは他者に追われる立場になるのは明らかです。「三割店舗」とは、売り場面積の三割を本業が占めて、残りの七割を本業以外の商品が陳列されている店舗のことです。薬局大手の各店舗は老舗店舗は改造するエリアがなくて「三割薬局」には程遠いのが現状ですが、比較的新しい店舗は売り場面積と冷凍食品の拡充でコンビニエンスストアを凌駕しています。地主がオーナーであるコンビニエンスストアの収益が悪化すると、「三割薬局」の時代が到来するかもしれません。

　されども、いきとしいけるもの、いずれかは、不老長寿は閉ざされた夢でしかないことを知ることになるのです」

　アフターマーケットの属性は、機械は使えば摩耗し、劣化し、故障するもので、いかなる不況下においても修理の仕事がなく

なることは有り得ないのです。稼働する機械が少なくなれば修理する回数も減るのは道理ですが、経済後退や人口減少で物流が大幅に落ち込んだとしても、修理用部品の需要が決して半分以下にはならないのは、下世話に申せば「さおだけ屋はつぶれない」の理屈です。最初の見積もりだけでは終わらないのが修理であり、見積もりに含まれない修理は追加修理と呼ばれて、当然ながら利益率も高くなるのです。成功報酬が原理原則の修理屋が生き残れるカラクリでもあるのです」

　道辺は、昔の先輩の言葉を思い出していました。

「道辺君、どんなに門構えが立派でも、輸出または輸入だけの専門商社は為替の大波を乗り越えられないリスクを抱えたままになり、あっという間に波に飲み込まれて海の藻屑だよ。
　輸出専門商社の場合、輸出先から何でもいいから輸入の道を探し出すことができれば100点だけど、そうはいかないのが世の中だからね。せめて同じエリアから輸入の道を探すことになる。専門外ってやつは落とし穴もあるからね。儲からなくてもいいから、確実に日本国内でさばけるものを確保することが絶対条件だね。
　輸入専門商社は日本から何かを輸入先に売り込む道を探し出すことが健全経営の一番の近道となるのは、輸出専門商社と同じだがね、輸出専門業者と輸入専門業者は、煎じ詰めると、人種が違うってことだよ。染まった色はなかなか消せないからね。

そのうえ、やみくもに専門性を高めれば高めるほど孤高となり会社のバランスが損なわれていく致命的な欠陥を自らが増幅する悪循環に陥る可能性は否定できないからね。輸出量と輸入量が拮抗すれば為替のリスクをパーフェクトに回避できるのは机上の空論で、現実的に考えてバランス処理としての相殺が売り上げの5%と仮に置いても、火事場の馬鹿力との相乗効果次第では瀕死状態の会社の救世主になり得る可能性があるからね。そこの紙一重が商売の面白さだよ。

　戦後、外貨獲得のために輸出を国策として推し進めた中で、輸入の役割が過小評価された時代が存在したのは事実だからね。いまもって、国際収支を黒字にする手段として輸出を拡大することが、輸入を縮小することよりも有効と考えられているからね」

　道辺は、まだ自分の中に青春の温もりが残っていると思ったのでした。

　リーマンショックから三年を経ても日本企業全体に不景気から抜け出せないマイナスのスパイラルが続いていて、道辺商事の売り上げもまた改善の兆しは見えなかったのでした。

　リーマンショックを挟んで5年の間に中国の工業製品が世界から認められるまでにレベルアップしたのは歴史的な必然性があったからでした。そして、フォークリフトの部品のサプライチェーンは中国をメインサプライヤーとするルートが確立し

たのでした。

　「中国の『史記』に由来する『禍福はあざなえる縄のごとし』
のごとく、アヘン戦争で疲弊した中国が160年もの月日を傾
けて成し遂げた歴史的な必然性を、誰もが偶然性と思い込んで
いる」

　道辺が、一向に売り上げが回復しないのはリーマンショック
のほかに理由があるのかもしれないと思い始めていたときに、
思いがけなく転機が訪れました。今までのファックスと電話を
使ってのやりとりを、インターネットを介した電子メールを
使ってできないかという問い合わせがFTP NVから持ち込ま
れたのでした。
　道辺は電子メールでの取引に懐疑的でした。
　しかし、いずれは電子メールでの取引が主流になっていくこ
とを周知の事実として受け入れるタイミングであることを理解
した上で、FTP NVからの提案を快諾したのでした。
　時を同じくして、ふらっと道辺商事に立ち寄った若者がいま
した。
　若者は山田と名乗りました。

　開口一番、山田はパソコンの話を始めたのでした。
　「こちらの会社ではパソコンをお使いでしょうか」
　事務所を見渡しながら、山田は話を続けました。

「パソコンの故障や修理はどうなさっていますか」

「ウイルスソフトを入れています」

山田は会社案内と名刺を道辺に差し出しました。

名刺には、法人向け情報化支援事業と書かれていました。道辺は、「名刺を持たないので」と断りを入れて、二人は話を続けたのでした。

「ワードとエクセルを使っていますが、いろんなソフトを入れるには、個人的な限界もありますので、身の丈以上のことは無理をしないことにしています」

山田は、名古屋駅の地下通路で路上ライブをやっていた頃の自分のことを問わず語りに話し始めました。「一万円札をくださったお客さまがありました。いまでも忘れることができません」と話す山田の目が、道辺には輝いて見えたのでした。

「ビジネスチャンスは、その人を信頼することができるか否かが分岐点となります」

道辺はベルギーから、ファックスでの取引を電子メールに変更したいという連絡を受けていることを山田に素直に話したのでした。

「パソコンは生活の一部になっています。これから、パソコンの役割も大きく変わります。ご商売にもお役に立ちます。是

非、御社のパソコンを技術面でサポートさせてください。私に
手伝わせてください」

　「お会いしたのもご縁ですので」

　ご縁という道辺からの言葉が、山田の胸を貫きました。山田
は溌剌とした笑顔で道辺の気持ちに応えたのです。そして、道
辺はパソコンの未来を山田に託してみたいと思ったのでした。
机の上にある既存のパソコンを補機として温存し、主機として
のデスクトップパソコンを山田から二台買いそろえ、それぞれ
のパソコン用に独自のメールアドレス用意したのは、道辺が、
これからの取引で海外と国内を分けるためでした。ネットワー
クで二台のパソコンをつなぐと情報の共有ができ利便性も広
がっていったのです。

　FTP NV からの提案があった日から約一か月で電子メールで
の取引が可能となったのは、山田の協力が得られたからでした。
それは、点と点がパソコンでつながった瞬間でした。道辺が夜
空に希望の星を仰ぎ見た瞬間でもあったのです。

　山田が商売の神様の使徒だと道辺が思えた瞬間、喜びは声に
なっていました。

　「商売の神様、ありがとうございます。諦めかけていた電子
ビジネスが叶ったのです。電話からファクシミリがビジネスを
点から線に変えました。これからは、ファクシミリの線から電
子の面になります。これ以上世界から引き離されることは容認

できません。どうぞ、私をご指導ください。心からお願い申し
上げます」

「リーマンショックの国民的なフラストレーションが与党を
追い込み野党政権の誕生となったのですが、超円高にブレーキ
がかかることはなかったのです。それどころか、1ドルの平均
が80円台の希望なき円高が続いた政治空白の時代でした。誰
もが『畳の上の水練』を一心不乱に続けていて、『机上の空論』
ばかりが飛び交う不毛の時代でした。政治も経済も沈み込む中
で、誰もが『北斗七星』を見失っていたのです」

「日本の中小零細企業の約30％は債務超過が常態化している
のに、なぜ倒産しないのでしょうか。その中の半分は、会社を
閉めたくても閉められない事情があるのです。会社を閉めるに
も、それなりの現金が必要となるからです。最小単位の『一人
会社』は、個人の資産と法人の資産を区分することが容易では
なくて、無造作に言えばメビウスの輪のような、無理数のよう
な体質に長年の風雪がそうさせるのです。30年以上もの長き
にわたり、孤立無援のまま籠城で持ちこたえている『一人会社』
が日本全国の各地域に点在していることは別に珍しいことでは
ありません。企業の狭間で息づいている『一人会社』は、『小
さな巨人』と表現することもできるのです」

「インフレーションは経済的な見方をすれば『正転』『右回り』

です。デフレーションは『逆転』『左回り』です。インフレーショ
ンバイアスは、理論値を導きやすく、自由競争を根っこから支
え続けてきたものです。デフレーションバイアスは国民に苦役
を強いる妄想に走らせる作用を内包しています」

　2010年代も、このまま経済が元に戻らない可能性が高いと
すれば、いよいよ籠城を覚悟する時なのだと道辺は自分に言い
聞かせたのでした。道辺は不透明な将来を見据えれば、現在の
自分の所得を10％減額するのが有効的だと考えて、翌月から
実施したのでした。それは、「一人会社」だからできたことで
した。

　「社員を雇用すれば、所得の減額は容易ではないのです。所
得が会社からの評価の全てと考えて減額を自分に対しての不満
と捉える社員もいるのです。給料カット調整が困難となれば離
職の道しか選択肢がなくなります。雇用はプラスで離職はマイ
ナスと言い切れるものではありませんが、会社にとっては両方
共に出費がかさむことになるのです」

　2年前くらいから、三菱フォークリフト部品の販売の落ち込
みは著しく、受注の低迷は半ば常態化していました。道辺は微
かな望みを抱いて、三菱部品の中から販売価格の調整が可能な
部品を一品選んでFTP NVの三菱部品担当者に直接電話をし
て売り込みをかけたのです。

:We have been buying quite a lot of Mitsubishi sprockets from you.

:Yes of course you have and I can't thank you enough for that. By the way,the reason I call you today is that I want to inform you that Mitsubishi is going to offer a further 15% less-the-list-price.

:Glad to hear that. But unfortunately, we can no longer buy them from Japan.

:Is that because our price is still higher than your target?

:Frankly speaking, we are buying it from China now. The Japanese quality is better than Chinese of course. But we are still satisfied with their price.

:Mind telling me your China price?

:Of course not. 25 percent.

:--??????--

:It is 25% of the Mitsubishi List Price.

道辺は25％に衝撃を受けたのでした。

道辺が思わず口にした言葉は、「もう、追いつけない」でした。

中国の人件費（工賃）が安価という単純な理由では、よく頑張っても、Mitsubishiの定価の50％止まりになる見込みでした。25％の真の意味は、相当数のSprocketが中国で製造されていて、しかも、それらがすでに世界中に流通していることを如実に物語っていたのでした。

多量注文と多量生産が結びついていて、25％でも利益を生

んでいたのでした。

　中国よりも一周遅れで競り合っている現実がわかっていなかったのは、世界中で日本だけでした。

　Mitsubishi の Sprocket を輸出できる可能性は、すでに閉ざされていました。

　「中国製品は『箸にも棒にもかからない』との風説を日本人自らが打ち砕くことから始めないと、日本はいつまでも 20 世紀に取り残されることになるのです」

　道辺は、いまだに景気が回復しない原因は中国にあると考えることは正しい判断ではないことを理解しないと、日本の復活は有り得ないと強く思ったのでした。

　リーマンショックの暗雲が世界を覆い隠した 2008 年前後の 5 年で、足音もなく日本を追い越して世界第二位の経済大国の地位を確かなものにした中国の実力を、FTP NV からの三菱部品の情報で確信し、中国の脅威を肌で感じ取ったのでした。

　戦後から一貫してきた日本企業の販売戦略は、「多く売れるから、安くしても採算が合う」でした。中国の台頭で、日本企業は今までの販売戦略の転換を迫られていたのです。実は、安くないと売れないものは、世の中にそんなに多くはないのです。逆に、高くないと売れないものは意外と多くあります。

　過度の価格競争が世の中に蔓延していて、安いことに何の矛盾も持たないことが、日本企業の販売戦略の転換に足かせに

なっていました。

　日本は、[MADE IN JAPAN] 神話を過去のものとし、新しい [MADE IN NEW JAPAN] を作り上げるまでの、長い時間の「流転」がすでに始まっていたのです。

　南米のアマゾン川を龍のように一気呵成にさかのぼるポロロッカ現象のように、中国製品が日本製品を次から次に駆逐している轟音を耳元で聞いているような錯覚に日本人の誰もが陥ったのでしたが、まさしくそれが現実でした。

　それは、まるで「流転」の序曲のようです。

　中国の産業を底辺で支えている中国企業による部品の質と量が日本人の想像を遙かに超えているとすれば、ベルギーからの 25% の返事は妥当なものでした。道辺商事への三菱フォークリフト部品の見積もり依頼も、注文も、リーマンショック以前から目に見えて低迷していました。直近の 3 か月を見ると、見積もりも、注文も、ゼロでした。

　道辺は三菱フォークリフト部品を放置すれば、必ず「蟻の一穴」になる危機的な状況からの脱出を考えていました。

　「ここまでになると、海外のマーケットは諦めざるを得ない。残された道は、国内の販路を死守すること以外にはない。このまま毎月の売上高が低迷すれば、三菱との部品取引での優遇されたレス率を失いかねない事態におちいり、結果として商売を諦めざるを得なくなるのは目に見えている」

それは、道辺の決意表明でした。

　価格で中国と太刀打ちができないとなると、価格以外の面での利点が温存されている国内販売に活路を見いだすのは道理でした。

　「『KOMATSU, MITSUBISHI, NICHIYU, NISSAN, SUMITOMO, TCM, TOYOTA』の部品を全て扱うことの最大で究極のメリットは、部品の取引を通して基準点がもてることです。一つのメーカーに偏らない利点は、利益を追求することではなくて、同じ太さのパイプでつながることで先入観を排除することです。

　一つのメーカーの部品が取扱量の７割を超す場合には、無意識のうちに重用と軽視を繰り返すことになります。仮に、その間に偏りが生まれ、メーカーとのバランスを失うと、いつかは、すべてのメーカーからの信頼を失い、あきないの道が断たれることになります」

　道辺が翌日から三菱部品の販売で実施したのは、今までの値引きに加え７％の大幅な追加値引きでした。それは、利益のほとんどが経費で消えていくことにもなりかねない厳しい現実を直視した道辺の蛮勇でした。

　幸いにも、道辺の蛮勇は功を奏して、７％はカンフル剤となったのでした。道辺の部品の販売先は、すべて客先からの紹介によるものでした。それは、道辺の部品商としての経験不足が招

いたことでしたが、石橋をたたいても渡らない道辺の販売方法は強い武器になったのでした。

　結果として、一か月後には、新しい取引先が２社増加しました。見積もりも、今までの二番煎じのような新鮮味の薄れたものではなく、修理現場と直に結びついた臨場感が直接伝わってくる見積もり依頼が送られてくるようになったのでした。

　客の方から道辺を選ぶようになって、見積もりの三割近くは注文と結びつくようになりました。これは、損益分岐点から見れば、画期的なことでした。

　三菱フォークリフト部品の発注は低空飛行ではあるものの、失速の可能性を含む危険な落ち込みはなくなってきたのでした。見積もりの回数と注文の回数が微増することと平行して、取引は安定したのでした。

　道辺は素直に今の気持ちを言葉にしてみました。

　「3％や5％では、中途半端な値引き幅のままで終わっていて、ここまではうまくいかなかったはずだし。10％では猜疑心をあおることになったとすれば、追い剥ぎ商法につけ込む隙を与えることになったかもしれない。6％か7％は、絶対正解なのです」

　道辺は「地面を掘れば水が出る」と気づかされ、地下水脈のごとく商いの道は地上だけでなく、地下にも張り巡らされてい

ることに気づいたのでした。

　山田が、ふらっと訪ねてきました。

　「メールアドレスが長くて、どうにか簡単にならないものか
と思っていて……」
　「簡単にはできますよ。ただし末尾の JP は使えないですが、
それでいいのでしたら、どんなメールアドレスがいいのか検討
しておいてください」
　「簡単でオリジナルなものを考えておきます」

　すると山田は、道辺商事の取引先である FTP NV のことを
話し始めました。

　「この前、社長さんに教えてもらったベルギーの会社のホー
ムページですが、デザインもずば抜けていますし、自社ブラン
ドの部品も販売されていますね」
　「ホームページが良くできていることは知人から聞いていま
すが、あまり軽い気持ちで覗くのも如何なものかと思い悩んで
いたところです。見てみたいし、見ると閲覧記録が相手側に残
るので……」
　「ホームページにアクセスしたことは相手に伝わりますが、
ネットの仕組みの一つですので御心配は不要です。ホームペー
ジは会社の内部の人だけでなく部外者にも開放されていますの

で、差し支えがある箇所は確実に会社側でブロックされていて、部外者が迷い込むことはありません。部内者と部外者はウエブサイトの入り口が違うように作られています。おそらく同じものを見ていると錯覚されますが同じではありません」

「自由にアクセスしてもいいのですか」

「ホームページのデザイナーさんも一人でも多くの来場者に楽しんでほしいと思って工夫を重ねて作り上げていますから、是非アクセスしてください」

山田は、机の上に置いてあるデスクトップパソコンにFTP NV のホームページを取り込んだのでした。FTP ブランドの部品販売の入り口は、ログインとパスワードが必要になっていました。

「ログインパスワードは、ホームページの会社で閲覧希望者に付与するものですから、FTP NV の担当者の方に問い合わせてください」

山田が帰った後、道辺はログインパスワードの入力画面を確認して、LOG-IN PASSWORD を FTP NV にリクエストすると、すぐに説明書と仮のログインパスワードがリターンメールされてきました。

仮のログインパスワードが有効なうちに、FTP NV のホームページを漫遊するだけでも、新しい時代への切符を手にする

ことができると、道辺は期待に胸を膨らませたのでした。仮の
ログインパスワードで入ると、そこはフォークリフト部品の巨
大な情報の集積場所でした。

　部品番号を指定の場所に入力すると、その部品がイメージ写
真と共にパソコン画面に映し出されて、そこには部品の仕様や
重量までもが明記されていたのでした。

　予備知識不足でストレートにサンプル注文まで進むことがで
きなかったことを FTP NV にメールをすると、

　「日本向けのページが今週中には出来上がるので、完成すれ
ば正式なログインパスワードを送ります」というメール回答が
届いたのでした。

　道辺のパソコンに ID LOG-IN と PASSWORD が送られてき
たのは、数日後でした。

　道辺が部品検索まで進み部品番号を入力すると、部品の単価
が日本円で表示されていて部品名、部品の重量、部品の詳細な
スペックまで日本語で見ることができたのでした。

　そのうえ、日本までの航空便の運賃まで表示された非の打ち
所のないものでした。FTP NV の日本語バージョンのホーム
ページは日本の社外部品市場をターゲットにしたものでした。

　道辺が部品の価格に目が釘付けになったのは、為替換算の間
違いでもしたのかと疑うくらいの安価な部品の販売価格設定に
なっていたからでした。

　安価な部品設定でも利益が見込める手品のようなカラクリ

が、道辺には全く理解ができませんでした。

　しかしながら、丹念に FTP NV の部品を選び出して、日本の純正部品定価と比べてみる作業を続けているうちに、日本の純正定価と比べると FTP の部品がかなり高く設定された部品に出くわしたのでした。

　あれほど世界中に仕入れルートを張り巡らしている FTP NV でさえも、何もかもが安いことは有り得ないと考えれば、日本の国内市場は、まだ可能性が残されていると、道辺は確信したのでした。

　道辺は、FTP NV の緻密な販売戦略をすごいと思うと同時に、このことは FTP NV の輸出と輸入が一方に偏っていないことを示していて、健康的な経営戦略を貫いている会社なのだと感銘を受けたのでした。

　その後も、FTP NV のホームページで部品を調べる作業を道辺は根気よく続けたのでした。

　毎日の作業をドットでグラフ上に描き続けると、ある時点でドットの小さな丸の外側が連続した直線を描いていることに、道辺は気がつきました。しかし、同時に、何かを見落としているような、もどかしさに包まれたのでした。

　道辺が部品を届けた先の運送会社はトラックだけでなくフォークリフトも何台か使っていて、自社のトラックだけでなく、フォークリフトも自社整備をするための大きな修理工場を併設している会社でした。

「トラックの動きと、フォークリフトの動きを比べてみると、決定的な違いが足回りにあります。トラックは前後輪共に同じサイズに対して、フォークリフトは、前輪と比べ後輪が一回り小さいサイズとなっていて、回転半径を短くし、狭いところでも方向転換ができる利点を有しているのです。トラックが直線的に荷物を運ぶのに対して、フォークリフトは円を描くように荷物を運ぶ特性の違いでもあります。

トラックが前輪操舵に対して、フォークリフトは後輪操舵であり、トラックが99％前進なのに対して、フォークリフトは、前後進がほぼ50％です」

道辺は時間に余裕があると、FTP NV のホームページにアクセスしサーフィングすることが日常化していました。そして、FTP NV 以外の会社のホームページにもサーフィングを重ねるうちに、マウスの扱い方も上達しコンピューター用語も理解できるようになっていきました。

ある日、いつものように道辺がフォークリフトの油圧ポンプメーカーを追っかけていると、島津製作所（SHIMADZU）とカヤバ（KYB）が双璧であることがわかりました。調べていくうちに、二つの会社は資本金や売り上げ、従業員数もほぼ同じであることもわかったのでした。

SHIMADZU は測定装置や分析装置の光学的分野が主力であるのに対して、KYB はトラックの油圧部品が主力でした。両

社の油圧ポンプは中国製のフォークリフトにも搭載されていて、道辺は、「MADE IN JAPAN」が中国にも移植されて根付いて花を咲かせていることに驚きながらも、日本製の隠された実力を垣間見た思いがしたのでした。

　日本製の部品の輝きをやっと探し出せたような安堵感と将来に向けての希望が道辺を駆り立てさせたものは、油圧ポンプへのこだわりでした。翌日から道辺はフォークリフトに搭載されているギアポンプを調べ始めました。

　調べるほどに汎用性は少なくて、その多くはフォークリフトのモデルに限定されていて、転用はできないことがわかりました。それは、フォークリフトの荷役のキーデバイスである油圧ポンプは在庫しても売れる確率は低い部品ということです。

　別の言い方をすれば、アクを取り除かないと食べられない食材と同じとすれば、販売にはひと工夫が必要になると道辺は思ったのでした。

　一方で、道辺は搦手（からめて）から攻めることも考えていました。

　「資金が潤沢にある会社は在庫しても売れる確率が低い部品には手を出さない。利益は見込めても年に２個か３個しか売れない部品は、資金の余裕ある会社も、そうでない会社も手を出さないことになり、仕入れ競争では、誰もが同じ立場になるのです。勝算は粘り強くあきらめない熱意がカギとなるはずだ。情報だけが飛び出して駆け巡るなかで、年に２個か３個しか売れないとされるギアポンプの情報の真偽を的確に射貫くこと

が、注文にまでこぎ着けることができる唯一の方法であるとすれば、まさしくあきないの奥深い一面だ」

　道辺はよく英訳を頼まれ、自己流と断った上で気軽に応じていました。

　明正リペアサービスの渡辺社長が道辺を訪ねてきました。
　渡辺はメーカーの正規ディーラーの整備部門出身で、脱サラして一国一城の主になった人でした。持ってきたのはギアポンプのコピーでした。
　道辺は直ぐに、FTP NV の部品検索ページを開いて話を始めたのでした。

「オイルポンプですね」
「海外のギアポンプなのですが、ここに書いてある英語から教えてください」

　道辺は渡辺社長にパソコンの画面を見せながら説明を続けました。

「三菱の油圧ポンプの写真です。価格は日本円になっています。注文用のページにつながるこのセルをクリックすると、注文のページが開くようになっていますので、渡辺さんが直接買い付けることができます」

「道辺さんの方でこのギアポンプを輸入代行していただけませんか」

道辺にとっても、輸入代行の依頼は「渡りに船」でした。

「輸入代行は、意外と手間と経費がかかります。こちらでも同じもの用意できますが如何でしょうか。輸入するのにかかった金額の合計に10％道辺商事の利益を乗せて国内販売させていただくことになりますが、それでいいですか」

道辺が見積もり金額を渡辺に伝えると、渡辺は満面の笑みで承諾しました。三菱の油圧ポンプは、部品発注から４日で道辺商事に届いたのでした。段ボールに簡単な詰め物をした状態で届きましたが、その段ボールに穴が空いて、作動油が滲み出ていました。

SHIMADZU製の油圧ポンプでしたが、三菱の純正の部品番号ラベルではなくFTP NVのオリジナルのIDラベルに三菱の部品番号が印字してあるものが張ってあったのでした。道辺が入荷の連絡をすると、翌日には渡辺が道辺商事の前に朝早くから車を止めていました。

「入荷の電話をもらったときにはビックリしました。こちらからの振り込みを海外の業者が確認して出荷準備を進めても、10日以上はかかると思っていましたから」

「最優先で出荷して頂きましたから」
「国内と納期がほとんど変わらないのでビックリしました」

　道辺が早く納品できたカラクリは、同一の会社での輸出と輸入の相殺取引にあったのでした。

「まずは、検品していただけませんか。届いたそのままの状態です」

　渡辺が段ボール箱を開けると、紙を重ねて下に敷き隙間は大雑把には梱包用の詰め物がされていました。段ボール箱からギアポンプを取り出して、渡辺は満足そうに言いました。

「このポンプです。間違いありません」
「運送中に油漏れがあり、段ボールに穴があいたようですが」
「国内でも、よくありますよ」
「ベルギーからドイツと香港を経由して日本に届いていますので、その間に起きたと思いますが、いつ、どこで起きたのか特定できません」
「海外のことはわかりませんが、国内では運転手の急ブレーキや急発進で荷物が動き、段ボールが破損することがあります。段ボールの破損はよくあることですので、問題にするつもりは全くありません」
「三菱の純正シールはありませんが、輸入先の会社のシール

136

に部品番号が記入されています。これでいいですか」

「社外品という条件ですから OK です」

「そういえば、REPLACEMENT と書いてありましたので交換用の部品と思っていましたが、社外品を指す言葉ということですね」

「SHIMADZU 製は間違いありませんので、島津製作所から海外にいったん輸出された部品でしょうが、ギアポンプが手に入ればいいことですので満足しています」

「メーカー部品が海外を経ると社外品になることを初めて知りました」

「道辺社長でも、ご存じないこともあるのですね」

「知らないことだらけです。これからも、社外品についていろいろ教えてください」

　修理を急いでいるのか、渡辺は早々に話を切り上げてギアポンプを大事そうに抱えて帰って行ったのでした。

「多量消費時代を迎え、多くの部品製造企業で受注生産から見込み生産に移行する過程で、実際の販売数量と注文数のズレが長期在庫部品となり、スクラップになる一歩手前でスクラップ処分を逃れた部品が『訳あり部品』として密かに地下流通するようになり、やがて価格が安いだけで純正と同じ品質の社外品は利益幅が大きくて、修理の際に発生した見積もりを大幅に外れたマイナス分を埋めることができる、トランプゲームには

欠かせないジョーカーと同じ修理の切り札となったのです」

　道辺は、不意に修理業者との雑談を思い出すことがありました。

「動かない中古リフトは誰も怖くて手を出せませんし、修理箇所が特定できない故障車も敬遠します。この業界も経験値がものを言いますからね」
「すごいことですね」
「それでも、早い者勝ちの世界ですから見切り発車で失敗したことは両手以上ですよ」
「そんな時はどうされるのですか」
「売り逃げるしか方法はありませんので、工賃は諦めても部品原価までもの損の上塗りはできませんからね。社外部品がこんな時は助かります。良質の社外品ばかりだと比較的価格が高めですので、ついつい安物に手がのびますが、最近では部品と呼べない粗悪部品が紛れ込んでいますので、安心できる社外部品を使うと使わないとでは別世界ですからね。信頼できる社外部品を専門に扱っている部品商にまかせることにしています」

　社外部品が販売できる条件が、補修部品として修理に支障を起こさない性能と修理業者が確実に利潤を見込める販売価格にあるとすれば、部品の品質に対して判断基準を持たない道辺に残された道はFTP NVブランド部品だけを盲目的に扱うこと

でした。道辺の頭をよぎったものは、意外にも「行列の絶えな
かったラーメン屋」が一夜にして客が来なくなったミステリー
でした。

　「お昼時や夕時に、お腹がすいたからとぶらりと暖簾（のれん）をくぐ
る地元客のほとんどが行列を作ってまで食べたいとは思わない
とすれば、開店前から行列を作って待っている客とは食べる目
的が違うはずだ。前者は軍隊の早飯に近く、お腹に入れるため
に食べる人たちであり、後者は味の探求者で自己の味覚の研鑽
として五感を総動員して食べるために行列をつくる人たちとす
れば、一夜にして客の来なくなった行列店の客側にその答えが
あると気がつくはずだ。誰も来なくなった日に、同じ客がどこ
かの店頭で同じように行列を作っているにちがいない。完璧な
味を追い求める行列店の終焉がそこにあるとすれば、味もそこ
そこで、客もまちまちの店の方が商いとしては正しいのかもし
れない。食を求める客は、美味しさを求める客だけではない。
　社外部品のレベルも『ピンからキリまで』だとすれば、そ
れを求める客も幅広く存在し、現実的には妥協の産物でしかな
いとすれば、『高品質』と声だかに叫んでも社外品が純正より
精度が高いとは誰も認めない。すでに社外品メーカーが実績を
積み重ね社外品ユーザーの管理も十分できているとすれば、こ
れからFTP NVが社外品市場に参入できる余地は限りなくゼ
ロに近くなる。社外部品市場にFTP NVブランドを根付かせ
るまでには、『波しぶきが襲いかかる岩場に花を咲かせる』く

らいの忍耐と投資が求められることになる」

　三菱のギアポンプ1個の販売実績は、道辺には一点の光明となっていたのでした。

　「三菱のギアポンプの輸入では、2日間の納期期間のショートカットや、FTP NV の対応の迅速さや、船積みの正確さをリアルタイムで知ることができ、FTP NV と道辺商事の会社規模や年間の売上高が桁違いに違っていても、相互取引のスケールメリットは両方の側に実在することが証明された記念となる取引となったのです」

　道辺は輸入した油圧ポンプの追跡調査をレポートにまとめて、REPLACEMENT-REPORT として FTP NV の担当者に発信したのでした。それは、日本での潜在的な需要は見込めるものの、FTP NV の製品を短期間にフォークリフトの修理業者に知らしめる必要があると道辺が強く思ったからでした。
　部品手配の手違いが重なり、道辺がロスを埋めるために部品を車に積んで岐阜に納品に向かった時のことでした。
　無事に納品を済ますと「お茶でもどうぞ」と声がかかりました。

　「ところで、道辺さんは社外品も扱っておられるとか」
　「ご存じの通り純正部品ばかり扱っていましたが、社外品に

140

もご縁ができました。社外品については、始めたばかりで、まだ知らない世界です」

「渡辺社長から伺いました。この世界は、意外と狭いですからね」

「海外からの逆輸入品でしたが、島津製作所のギアポンプの注文を渡辺社長に頂きました。お恥ずかしい限りですが、扱っているのはギアポンプだけです。名古屋では社外品の情報がほとんど入ってきませんので、これからどうすればいいのか迷っているところです」

「フォークリフトの社外部品に関しての情報は大阪からがほとんどですからね。大阪の北区や福島区には部品商が多く点在していますので、フォークリフトの社外品を専門に扱っている会社も数社はあります。私の会社では、大阪の２社と取引しています。午前中に注文すれば翌日には部品が届きますので、修理の交換部品の待ち時間が短縮できて助かっています。注文の翌日に入手できるのは純正部品と同じですが、ディーラーまで部品を取りに行く往復の時間がカットできる利点は現場にとってはありがたいし、純正に比べ２割くらいは安いとなれば迷うことはありません。ここは東名高速に近い場所にありますから朝一番に大阪から来て、先ずは会社の部品庫に直進し在庫チェックして不足分の部品の補充リストを工場長に渡して、『注文しておきます』と言葉を添えて、次の修理会社を訪問するのがいつもの訪問販売のやり方でしてね」

とことん現場に寄り添った販売方式に道辺は社外部品専門商社の熱意を感じたのでした。

　「1980年から2000年に起業した、第二世代と言われる人たちのほとんどは、フォークリフトディーラーの修理部門出身で、ディーラーとのつながりも良好で、その上、パソコンも自由自在に扱える世代です」

　第二世代と呼ばれる人たちの多くが主体的で、自主的で、自発的であるならば、これからのE-COMMERCE の時代を見据えると、FTP NV の社外品の販路の可能性はゼロではないという希望的未来図を、道辺は描いたのでした。
　FTP NV から道辺に電話が入ったのは岐阜から帰った直後でした。

　:Michinobe-san, I'm planning to visit Japan with one of my colleagues.
　:Glad to hear that. I can't wait to see you.
　:Let me tell you that I'm in charge of our parts exporting division and my colleague is in importing. We both would like to see you.

　短い電話を終えて、道辺は訛りのない英語で相手が話してきたので、一言一句（WORD BY WORD）聞き取れたことに安

堵したのでした。

「話し相手の声のトーンで感覚的に、言葉の組み立て方でロジカル的に相手の言葉を聞き流しながら身体で覚える作業を、日本人同士では最初の言葉を交わすだけで終えるのに対して、ビジネス英語を通しての会話となるとお互いに母国語でない場合は母国語のアクセントが混ざっているので、英語での会話が、感覚的に、ロジカル的に、耳に入るようになる慣らし会話が必要となるのです。そのためには、いきなり本題に入るのは言葉の理解がスムーズでないまま話だけが進むことになるので、本題とは関わりのない話から進める必要があるのです」

「はなしの最初の方に『KEY WORDS』を持ってくる話し方をする人は実務的な人で、比較的言葉上の誤解は少ないのです。それに比べて、はなしの終わり近くに『KEY WORDS』持ってくる人は、そこまでに聞き手の注意力が散漫になり、言葉上の誤解を招くことがあるのです」

「わざわざ海外から経費と時間をかけて日本まで来て『あきない』の話し合いをするからには、『あきない』を成功させるための準備を、上陸する前に入念に済ませているはずで、明確な目的があるはずです。それは、道理の延長線上に『あきない』があるのかどうかです。道理の延長線上にないならば、どこかに『ゆがみ』が潜んでいることになる。そのゆがみが、日本サ

イドにあることがわかれば、商談は、最終的に実を結ばないことになり、道理の延長線上に『あきない』があれば、商談は最終的に実を結びます」

　それにしても時間がないと苛立つ気持ちの中でも、道辺は思いを巡らせたのでした。

　「日本の社外部品の事情を自分の知識を駆使してまとめても、その程度のことは FTP NV では実証済みのはずとすれば、来日する目的は別にあることになる。そのことに気づかなければ、中身のない話に終始することになる」

　「マルコポーロが東方見聞録で日本のことを紹介したときから、東の果てにある日本に、そして北斎のジャポニズムに、当時の西洋人、とりわけオランダ人は興味を引かれたに違いないとすれば、今でもその遺伝子を受け継いでいるヨーロッパの人たちは少なくはない」

　来日の予定は、２週間後と決まったのでした。

　「２週間というのは、双方にとって文句のつけようのない期間です。２週間では準備する時間が足りないという言い訳もできないし、２週間では新規の案件を入れ込むほどの余裕は残されていない、まさしく関門なのです」

「何かを握っていたら、新しいものは手に入らない。打算を取り除き、無条件で握った手を開いて大きく柏手を打つことから第一歩は始まるのです」

越中富山の薬売りのことが、道辺の脳裏をよぎったのでした。

「薬の原価は高くないことが『置き薬』の販売方式が成功した最大の理由だと考えれば、『薬九層倍』とも揶揄される原価の９倍で販売価格を設定していることにも理由があることになる。江戸時代初期から連綿として今の時代にも受け継がれている販売方式であれば、販売方式そのものに時代を超えた価値があることになる。

社外部品を無制限に提携先の修理会社の棚に並べるのでは、『配置部品』の負担が大幅に膨らんで回転資金を圧迫し健全な経営が成り立たなくなるはずだ。少なくとも原価の３倍以上で販売価格を設定しなければならないとなれば、部品の材料から可能性のある部品を絞り込むことができる」

道辺は、越中富山の薬売りの方式を社外部品に置き換えることで、新天地を拓こうと考えたのでした。道辺が熟慮断行したのは、「配置部品」と、「注文部品」の区分けでした。

「常時修理会社に置いておく配置部品と違って、注文部品と

は棚に並べるのには修理会社での使用頻度が少なく、棚に飾っておくには単価が高すぎる部品のことで、修理会社の方から発注する部品のことです」

　道辺がターゲットにしたのは、ガスケットとパッキンでした。消耗部品の代表格で、分解組み立てには欠かせない使用頻度の高い部品でした。道辺は社外部品のターゲットを思い描いていました。

　「ガスケットとパッキンの外側にあり、価格帯でいえば、ガスケットとパッキンが1,000円で、年間のリピート率を6（年に6回の注文）として、粗利を25％とすれば、1,500円となり、ガスケットとパッキンの外側に位置するターゲット部品を、5,000円で、年間のリピート率を2（年に2回の注文）として、利益を25％とすれば、2,500円となる。ターゲットの外側の部品をいかにして釣り上げるかが、今回のメインテーマになる予感がする」

　道辺が、ターゲット部品の外側の部品を考えていたら、電話がかかってきたのでした。

　「御社について、取引先の業者から油圧ポンプを扱っておられると聞きました。緊急で、ショベルローダーのオイルポンプを探しています。今日にでも欲しいのですが」

146

相手は、フォークリフトの正規ディーラーでした。

　「在庫販売はしていません。部品番号がわかりましたら、仕入れ先に在庫があるかの確認をします」

　「搭載車輌はショベルローダー SD25-6 です。部品番号は、3EC6031811 です」

　「SHIMADZU のポンプですね」

　「そうです」

　「こちらで、扱っていますのは、SHIMADZU 製の同等品です。純正部品とスペックが全てぴったり合致しているとは限りませんが、使用上の問題はありません」

　「現場責任者の工場長から口頭で了解をもらっています。修理は 10 日をめどに予定がすでに組んでありまして、そのうえ、メーカー在庫もなくて、予定納期は 2 か月かかりますので」

　「ギアポンプもそうですが、油膜でコーティングされている部品は、在庫期間が長くなりますと、油下がりを起こしましてトラブルの原因ともなりますので、在庫は持たないことにしています」

　「わかりました」

　「ギアポンプはヨーロッパ経由でこちらに入荷しますので納期は、土日を含めて 7 日間です。それでいいですか」

　「ポンプ交換を修理日程の後の方に回しますので、納期は大丈夫です」

　道辺は話を進めながらパソコン操作してオイルポンプを検索

して、在庫と価格、重量をメモしたのでした。

　「在庫はあります。販売価格は、110,000 円です。見積書を
ファックスしますので、ファックス番号を教えてください」
　「わかりました。見積書が届きましたら、こちらから、オイ
ルポンプ一個の注文書をファックスします」
　「了解しました。注文書が届き次第に注文を入れます」
　「よろしくおねがいします」

　一時間後にディーラーから注文書がファックスされてきまし
た。

　「正規ディーラーに社外品を販売する可能性が現実となった
のです。それは、FTP NV ブランド部品の日本上陸への希望の
光となったのでした」

　その日は、ディーラーの系列店からの油圧ポンプの見積
もり依頼が２件あり、いずれも、小型フォークリフト用の
KAYABA の油圧ポンプでした。
　その後、問い合わせは油圧ポンプだけでなく、シリンダー
ヘッド、バルブセクション、油圧シリンダーなど、ターゲットの
外側の部品群と結びつくものに広がりました。その多くがメー
カー在庫の欠品の上、予定納期が未定という理由からでした。
　しかしながら、それが注文に結びつくことはほとんどありま

せんでした。

　それは、たらい回しにされ吹き溜まった見積もりで、相手が万が一でも当たればとの気持ちで持ち込んできたもので、見積書もコピーを重ね、文字も読みづらくなっている誠意を微塵も感じることができないものでしたが、道辺には、その見積もり依頼の部品が愛おしく思えたのでした。

　いい加減な見積もり依頼でも、手を抜くことなく相手が理解できる十分な回答をすぐに用意できたのは、FTP NV の Web サイトが完璧に近い部品情報を提供していたからでした。

　「社外部品の見積もり依頼の電話と同時進行で、FTP NV の Web サイトを開いて、部品検索ページに進み、依頼主からの部品番号を入力して、5 分以内には、見積もり金額と納期日を回答することができる道辺方式が確立したのです。

　それは、今まで社外品の見積もりが終わるのに最短でも 1 時間以上かかっていたものが、全て、5 分から 10 分の電話で済ますことができる画期的な社外部品の見積もり方法となったのです」

　「道辺の電話とパソコンを併用する社外部品の見積もり方法は、電話での見積もりの後、正式な見積書を部品の写真と仕様を添えてファックスで依頼主に送ることで、会社内で社外品排除の立場の人からも信頼を得るようになっていきました」

道辺の標的は、ターゲットの外側の部品、即ち、キーデバイスと呼ばれる主要部品に絞られたのでした。

　「キーデバイスの価格帯は、100,000円で粗利を25％で、年間のリピート率を0.5（2年で1個の売り上げ）にすれば、12,500円になる」

　数日を経て、会談は静かな朝の幕開けとなりました。

:What a pleasure it is to have you here half way around the globe!!

:Michinobe-san! Pleasure is ours to have your support half way around the globe!! You never know how much we miss this very moment to see you in person.

　道辺は、相手の名前を覚えるのが苦手で、その上、相手の顔と名前となるとなおさら覚えられなくて、いつも固有名詞を避けて話を始めるのが道辺の話し方でした。

　お茶を飲み終えた頃を見計らって、道辺は軽いジョークで言葉をつなげたのでした。

:Mind if I ask your policy on how FTP would develop the business with China? I know it's confidential though. I can't help asking because once upon a time, we used to say when the USA got coughs, Japan would catch a cold.

　そして、気持ちだけ身体を前に出しながら本題に入ったのです。

:I am so much impressed with your web site that I'm dying to know how I could possibly promote your E-Commerce here in Japan.

　道辺が机のパソコンを起動させて FTP NV の Web site を開くと、相手も鞄の中から、ラップトップを取り出して、同じように Website を開いたのです。
　それから満を持したかのように電話が鳴りました。
　電話で話を進めながら、道辺は見積もりと会話を同時進行させました。

:Please join me in my order taking procedure. I'll be offering your products to this customer on the phone and as always I state clearly the part numbers in his order. I hope you enjoy watching how I proceed.
:Sure thing!!!

　一人が鞄から録画できるカメラを取り出して撮影を始め、そして、別の一人が道辺の注文の手順を細かくメモしはじめまし

た。道辺は、部品番号と部品名を音読しながら、部品3点を連続して入力していったのでした。

　道辺は見積もりの計算式も相手に公開することとしました。

「部品単価、利益率、税率、部品重量、空輸単価の数値が書き込んである、外貨から内貨を経て国内の客に提示する販売価格の計算式です」

　道辺が読み上げたのは、マスターシリンダーとホイルシリンダーとドライブシャフトの3点で、ESSENTILA PARTS（主要部品）でした。
　道辺が、いつものやり方で見積もりの回答をすると、即、注文になったのでした。

　:We have just received their orders for three items.
　:Outstanding!

「三人が同時に拍手したのでした。それは、道辺が標的を射貫いた瞬間でもありました」

　田んぼに水が入る時期になると、道辺の脳裏に浮かんでは忽然と消える一枚の名刺と一枚の名画がありました。ところが、今回ばかりは、いつまでも道辺の脳裏に漂っていたのでした。

名刺の名前は、「了舟港一」、名画は　葛飾北斎の「甲州三坂水面」。

　「夏の富士と冬の逆さ富士と一艘の舟」の構図から逃げるすべもなく、道辺は立ち止って謎解きを始めたのでした。「湖面に写った「ずれた逆さ富士」を月日のずれと解釈して、フォークリフトに投影してみると、新車販売から５年から10年を経て下取り車としてディーラーに引き取られて、整備済み中古車として再販されることになるのが通例です。

　名車と呼ばれるフォークリフトは、並のレベルのフォークリフトより、トータルライフは倍に長さになります。その間のメンテナンス費用を計算すると、いかに大きなビジネスが名車には埋もれているかが理解できます」

　かつて名車と呼ばれたフォークリフトを思い浮かべているうちに、名刺と名画は道辺の脳裏から消えていました。

　これで、「生々流転」の章を終わります。

　皆さまと共に、道辺路傍のそばであきないをする日々を見てきました。

　パラダイムであった「MADE IN JAPAN」は過去のものとなりました。

　基本となる「価値観」を共有すべく、新しい日本のパラダイムを求めて、大企業も、中小企業も、零細企業も、一人会社も、頑張っていかなくてはならない時代が到来しています。

　川面に浮かぶ木の葉のように流転を余儀なくされ、流されて

いく道辺の生き方に、良縁の中に悪縁が息を殺して潜む様子や、悪縁の中に良縁の兆しを見つけられたお方もおいでになるのではないでしょうか。

　次は、最終章　「冬夏青青」です。
　皆さまとご一緒できることをありがたく思っています。

第3章

あきないは　冬夏青青
損が友　得は危うし　貯まれば淀む

「0.9 0.09 0.009 0.0009 0.00009……0.00000000009」は、純度を表すことが多くあります。

$$\frac{1}{9} \quad \frac{1}{99} \quad \frac{1}{999} \quad \frac{1}{9999} \quad \frac{1}{99999} \quad …… \quad \frac{1}{99999999999}$$

は、難度を表すことが多くあります。

同じことを示すのにも、「0」で表現するのと、「9」で表現するのとでは、「紙一重」以上の差を与えてしまうことが、世の中にはあります。

「紙一重」とは、僅かな隙間で、勝負の世界では甲乙つけがたい僅差の表現方法の一つです。

一代で世界的な優良企業に育て上げた創業者に $\dfrac{1}{99}$ の言葉があります。

「成功は99%の失敗に支えられた1%である」

(The success is 1 % backed by failures)

大企業だけではなく、中小企業や、村の鍛冶屋の「一人企業」まで、今も多くの企業人を支えている精神的な支柱(バックボーン) です。

大企業の定義はありませんが、資本金が大きくて、従業員が多くいる会社が大企業と思われています。これは、外見的な見

方です。内面的に見れば、従業員（正社員、非正社員）の会社に対してのロイヤルティが高いことが、大企業の条件です。

　たとえば、自動車メーカーグループ全体で、従業員一人が、車を10年に一度、新車に乗り換えるとすれば、全体の50%以上の従業員が雇用主である会社の自動車を選択することが、大企業の証明です。

　たとえば、ペットフードの会社で、従業員が自宅で飼っているペットに雇用主である会社のペットフードを食べさせているのが、50%以下ならば、大企業ではありません。

　「大企業と世間で認められている会社の中で、大企業たる会社は何社あるでしょうか」

　「実体経済を世界規模で支えているのが、世界中に情報網を多重に張り巡らし常に最新情報を入手分析し、世界規模の景気動向に目を光らせている、国境なき大企業群なのです。

　実体経済を地方規模で支えているのは、国内の拠点に支店を置いて情報を収集し、地方行政にも熟知している中小企業なのです。中小企業は『中小企業基本法』によって業種ごとに定義されています。製造業で従業員数300人以下、卸売業とサービス業で従業員数100人以下、小売業で従業員数50人以下となっています。『以下』という文言でくくられている中に小さな巨人たちがいます。

　彼らは、『自営業』『個人企業』『一人会社』と呼ばれています。

彼らの照らす僅かな明かりは、実体経済を微粒な一つ一つの光で支えています」

「無数の光は、『消えずの明かり』として、好景気の好循環にあっては、人知れず光を放ち、不景気の悪循環にあっては、多くの大中小企業の明りが消えていく中でも、決して消えることはないのです」

「実体経済とは、『労働者の、労働者による、労働者のための』経済なのです」

「労働者を介してモノやサービスが実際に動く世界です。職場で工作機械を操作して部品を作ったり、フォークリフトで部品を運んだり、部品を検品したり、部品の組み付けをしたりすることで会社から給料を支給され、その大部分が個人の消費に回ります。
　個人タクシーは車を使って人を目的地まで運ぶことで現金収入を得て、その大部分が個人の消費に回ります」

「『金融経済』とは、品物やサービスを介しないで、お金だけが動く経済活動です。その上、金融資産がないと、参入できない閉ざされた世界なのです。金融経済は、好景気と不景気の循環ではなく、利益の再配分ですから、大勢が利益を得るのか、ごく少数だけが利益を独占するのか、が循環するだけです。そ

れ故、仮に金融経済が実体経済に比べて、扱う金額が数倍に膨らんだとしても労働者の雇用の拡大には直結しないのです」

「少子化に歯止めが掛からない日本国百年の礎となるものは、命を大切にする子育てであり、助けられる子供の命は必ず助ける命の絆を託されたクリニック医療です。

国を支えるのは、働いて、収入を得て、消費することで、国庫に税金を納める、一人一人の労働者です」

「大企業は、多くの従業員を世界規模で雇用し、世界に多大な貢献をしています。それ故、国家百年の担い手と考えることができます。

しかし、世界的規模の大企業は、日本国内だけのマーケットでは企業活動を支えられなくなっています。果たして世界的規模の大企業が、国家百年の担い手と言えるでしょうか。

いかなる試練が襲うとも、持ち場を離れない『防人』のような会社があります。一人会社と呼ばれています。消えずの明かりであり続ける『一人会社』が、これからの国家百年の縁の下の担い手だとすれば、『一人会社』を国が徹底して育て守り抜くことが、国家百年の安定になります」

大通りは、所狭しに建物が並び、通りを行き交う人の流れは絶えることがありません。裏通りは、飛び地に建物がひっそりと建ち、行き交う人の流れはほとんどありません。10年を一

度繰り返すだけですと、大通りの様子はほとんど変わることはありませんが、土地の所有者は同じとは限りません。知らないうちに海外からの投機マネーが入り込んでいるかもしれないのです。

　10年を3度繰り返すと、大通りの建物も所有者も同じではありません。租借地になる一歩手前かもしれないのです。

　10年を5回繰り返しても、裏通りの建物も所有者も変わらないのです。

　如何に世の中が変遷しようとも、変わらないことがあります。

　如何に景気が変動しようとも、変わらない会社があります。

　「一人会社」です。

　「冬夏青青」の章では、一人会社、道辺路傍の「消えずの明かり」を皆さまと共に、見守ってまいりたいと希望しています。よろしくお願いします。

　FTP NVから、日本での話し合いを持てたことの感謝の言葉と共に今後一層の協力関係を築き上げる強い決意が込められたメールが届いたのは、ミーティングの一週間後のことでした。FTP NVから明確なメッセージを受け取ることができたのは、道辺にとっては大きな喜びでした。

　道辺はパソコンを開くと、すぐに円とドルの為替と株価に直

行するのが一日の仕事の始まりとなり、円とドルの為替の刻々の変化や株価を数字で追いかけることで仕事始めには丁度良い刺激となっていました

　その習慣も、道辺がFTP NVから期待以上の言葉を受け取ってからは、パソコンを開くと、すぐにベルギーに直行するようになっていました。確かな目的があるわけではないのに、ベルギーの情報に触れるだけで、道辺は満ち足りた気持ちになっていたのでした。

　パソコンで映し出されるベルギーの都市、ブリュッセル、ブルージュ、ゲント、アントワープ、ルクセンブルグを巡るのが道辺の日課になっていて、時には、ベルギーとベルギー人に想いを馳せることもあったのでした。ベルギーやベルギー人のことを考えているなかで、道辺に浮かんできたものがありました。それは、「日本人像」でした。

　「1980年台までの世界の部品製造工場としての『日本人像』は、常に『MADE IN JAPAN』を身に纏うことに終始して、つぎつぎに注文が舞い込む勢いのまま、図面を与えられて精密に製造することに専心しました。ロボットのように正確さを求められた結果、『胸像』でしかなかったのです」

　「今の時代、誰もが漠然とした『日本人像』を頭の中で描くことができるのは、日本各地から東京に人が集まり、マスメディアに全国区の東京人が登場して、慣れ親しんでいるからです」

東洲斎写楽の役者絵を、そのまま「日本人像」と呼ぶ人は少数派だとしても、なにがしかの親しみを覚えるのは、やはり日本人の顔だからです。

　江戸幕府から明治政府に変わり、西洋文化が闊歩する時代になり、誰もが新しい「日本人像」を期待したはずです。デフォルメされた日本人像は、当たらずとも、写楽の役者絵に遠からずなのかも……。道辺はそう思ったのです。

　FTP NVの部品の一日の平均的な出荷量が2000個に対して、道辺商事の部品の一日の出荷量が最大で5個の違いを直視しながら、道辺はいかにしたらFTP NVと足並みを揃えて歩むことができるのかを思っていました。

　「2足、4足、6足の最小公倍数は12になり、時間の表記の十二進法と相性が良いとすれば……」

　「地球は唯一無二で、自転と公転を1日と1年で繰り返している。時差そのものが、ベルギーと日本の歩調となり得るかもしれない。日本とベルギーとの8時間の時差を有効に使うことでFTP NVからの文章をより完全に理解できることが可能になり、翌日の午後までにはベルギーに返事をすれば、相互にメールの無駄のないやり取りが可能となる。

　毎日の部品の業務に追われる時間を外してみても、4時間はFTP NVとの共同歩調に専念できることになる。FTP NV

と道辺商事の共同歩調を、シンガポールの現地法人FTP NV Singapore（略FTP NV SG）を加えることで、『タスキをつなぐ駅伝方式』になれば、ロータリーエンジンの三角形の回転子が、時差回転することで、タスキがつながる」

「アジア地域を一つのブロックとしたFTP NVの世界戦略の中で、シンガポールの現地法人FTP NV SGがアジアブロックを統括し、日本市場も関与することになるのは、地理的な視点だけでなく、韓国系シンガポール人や中国系シンガポール人の貿易関係者の間では、非常に洗練された英語が話されていることも考慮すれば、異論の余地はない。シンガポールがアジアの中心になることに対して、親日家で日本の文化にも親しんでいるベルギーの人たちでさえ、日本を選ばなかった決定的な理由があるはずだ。シンガポールが、近隣の国々から、人、物、マネーが集まる交差点であるのに対して、日本は、アメリカからの、人、物、マネーが一方通行で通り過ぎる通過点でしかない」

　道辺が電話をしたのは税務署でした。
　そして、道辺は風変わりなことを話し始めたのでした。

「税金の話ではないのですが、よろしいでしょうか」
「わかることでしたら」
「まだ、思いつきのレベルで迷っているのですが、資本金の一部をドルにすることは可能なのでしょうか。それとも何か問

題でもあるのでしょうか」

　「手続きの問題でしたら、司法書士さんに相談なさったらいかがですか」

　「雲をつかむような話で恐縮ですが、日本の営利法人のすべての会社が資本金の一部をドルとする法律ができたとしますと、日本の会社は英語圏に近づくことになりませんか。ヨーロッパの企業はアジアの拠点を東京23区とほぼ同じ大きさのシンガポールに置いています。それは、シンガポールが英語圏であり、日本は英語圏から外れているからです。資本金の一部をドルにすることで、英語圏に近づくことができるのではないかと思ったものですから」

　「資本金の一部をドルにする相談は初めてのことでして、お答えするのに一日の猶予を頂けませんか」

　「こちらからお頼みしたことですので、よろしくお願いします」

　それから、道辺は身体の中でくすぶり続けている英語の余熱を言葉に代えて話を続けたのです。

　「21世紀になって、国際共通語として不動の位置を築き上げた国際英語から、日本は急速に遅れています。海外の国々が国費または私費で英語圏に若者を送り込んだ人数は想像を遙かに凌駕しています。そして帰国後にそれぞれの国の国際英語の向上を支えています。この蓄積が半端なく大きいのです。国の英語力でいえば、シンガポール6位、マレーシア12位、フィリ

ピン 13 位、韓国 27 位、日本 35 位です。シンガポールと日本の順位の差が、そのままビジネスの面でも当てはまります」

「日本の国際化が遅々として進まないのは理解できますが……」

「もう一点ご意見を聞かせてください。大企業では実体経済だけでなく金融経済にも間接的に参入して安定経営の柱の一つとしていますが、資金的に余裕のない中小零細企業は手が届きません。その上、一人会社となれば別世界です。小資本の会社でも、資本金の一部をドルに置き換えることが安定経営の一つになるのではないでしょうか。中小零細企業や一人会社にとって資本金の 25％をドルに切り替えることは簡単なことではありませんが、切り替えることによって、ドルと円の為替レートの動きが穏やかになることが証明されれば、一人会社であっても資本金の 25％をドルにすることを真剣に考える可能性があります」

「貴重なご意見として伺っておきます」

道辺は、電話を終えると、税務署の担当者に心の中で自分の一方的な考えを押しつけたことを詫びたのでした。

その日の午後に、税務署から最終回答の電話が掛かってきました。

「資本金の一部を邦貨円（YEN）から外貨ドル（USD）変更することには、問題がないようです。決算時には邦貨に変換し

て申告書を作成して頂くことになります」

「外貨のドルを邦貨に実際に交換しない限りは、資本金は会社名義でドル預金をした時点から変更なしの考えでいいのだと思います。ドルを円と交換したときに、差額に対して課税されるのが合理的だと思います」

「今は確証をもって、そのことにお答えができません」

「思いついたままを申し上げたのですから、回答を期待する方が間違っています。どうぞ、お気になさらないでください」

「興味深いお話でした」

「大変参考になりました。聞き流していただきたいのですが、1980年代の10年の間に、各企業が資本金の10%をドルにした場合、1990年代の1ドルが100円を下回る異常事態にはならなかった可能性はどうなのでしょうね」

「お話としては面白いですが」

「ご親切を感謝します」

電話が終わった後、道辺は電車を乗り継いで英会話学校に通っていた当時のことをはっきりと思い出したのでした。当時は、中小企業の間では直接に海外の相手と貿易をする直接貿易（直貿）がブームになっていたのでした。片言でも英語の話せることが人生の再出発をするためのゴールデンチケットとなっていました。人生を再出発したい人たちで英会話教室は埋め尽くされていたのでした。道辺も、その一人でした。

英会話が全然上達しないことに限界を感じながらも、英単語

の暗記を繰り返していた精神的にハードな時代を生き抜いていた雌伏の時に、枕元に忍ばせていた言葉を道辺は思い出したのでした。

　それは「ゆ」と「め」の二つのひらがなでした。
　道辺が「ゆめ」を指でなぞってみたものの、ひたすらに駆け抜けた時代は遠い思い出の彼方のままでした。

　道辺は、気持ちを持て余したまま都市銀行に電話をしたのでした。

　「ドル預金を考えているのですが、どうしたらいいですか」
　「ご相談のご予約が必要となります」
　「今からでもいいのですが」
　「本日の予約は埋まっています。明日でしたらお昼の12時から予約が取れます。ご都合はいかがですか」
　「大丈夫です。12時からの予約をお願いします」

　翌日、午前12時に銀行に着くと、道辺はロビーの案内係に「お客さま相談窓口」に通されたのでした。

　「定期預金を解約して全額ドル預金に回したいのですが」
　「円預金と比べると外貨預金は預金保険の対象外です」
　「わかりました」

「外貨普通預金には為替変動リスクがありますので、さらに円安が進みますと差益が出ますが、円高に動きますと元本割れになります」

「自己責任ですね」

「円貨を外貨にする場合と外貨を円貨にする場合、それぞれに手数料が掛かります。本日の手数料は、米ドル1円、ユーロ1円50銭、英ポンド4円となっています」

　道辺は円預金と外貨預金の違いと、元本割れのリスクについて延々と説明を受け、その上、担当者は、繰り返し「損をすることもある金融商品」であることを説明しました。

　道辺が消極的な銀行の担当者を無視してまでドル通帳を作る気持ちになれなくて、「再検討させてください」と頭を下げて銀行を後にしたのは、午後の3時を過ぎていました。

　道辺は「思いつきの限界」を知らされたのでした。

　事務所で仕事をするうちに、道辺は少し冷静さを取り戻すと、銀行でのやり取りを思い出しながら、相談窓口の担当者は、当たり前のことを話していたことに気づかされたのでした。

「ドル預金はFX取引につながり、安定的なビジョンがない場合はギャンブルです。安定的なビジョンとは、毎日の為替のアップダウンに目を奪われるのではなくて、長期的な視点に立って、大きな為替のうねりを読み解くことで確実に利益を見込むことです」

道辺が強引に「ドル通帳」を作らなくて正解だったと思うと、道辺の「ドル預金」の余熱は急に冷めていったのでした。

　道辺に FTP NV SG から具体的なオファーがメールで届いたのは数日後でした。ロータリーエンジンの三角形の回転子が、時差回転を始めたのでした。足並みを揃える提案は、道辺に手数料を支払う顧問契約オファーでした。

　「1970 年代は日本を含め、東南アジアの諸国は貿易に対して分業形態が定着していて、3%から 5%のコミッションで貿易の代行業務を経由する取引が主流でした」

　道辺自身も、東南アジアへの機械の売り込みを担当していた当時、コミッションエージェントの不用意な扱いで利益が見込めなくなったことも、一度や二度ではなかったのです。最初から、コミッションエージェントの存在と手数料が確定していれば、問題が起きることはほとんどないのですが、後からコミッションエージェントに割り込まれることを何度か経験をして、その都度、惨めな思いをしたことが、道辺の脳裏を急に過ったのでした。

　数日を経て、FTP NV SG から「代表が来日し、具体的な数字を話し合いたい」とのメールが入ってきました。

道辺は、道辺商事の優位性が担保されていないことを理由に、顧問契約と手数料の話を一蹴したいと考えていました。それは、顧問契約と手数料に縛られると、FTP NV SG の傘下に入り「駒」としての役割を果たすことしかできないことになり、ビジネス上での思考停止になりかねない悪縁になる可能性を、道辺が予感したからでした。

　道辺が、将棋の「手待ち」のように、局面に無難なメールをFTP NV SG に出すことで、悪縁を断ち切りたいと考えていたところに、一本の電話がかかってきたのでした。

　「道辺さんのことは友人から教えてもらったので……日本語を英語にして頂きたくて電話をしました」

　「それでしたら、原稿をファックスで頂けると、英語を書き加えてそちらに送り返すこともできますが……。内容を教えていただければ電話でお答えします」

　しばらく沈黙が続いたあと、電話の主は話し始めた。

　「キングピンを５本、海外から輸入しましてね。センターホールにテーパー加工がされていなくて、ピンを合わせて差し込むのに時間ばかりかかりましてね」

　「アクスルとナックルをつなぐピンですね。失礼ですが、海外からとおっしゃいましたので社外部品でしょうか」

　「そうです。純正のキングピンは穴の縁がテーパー上に加工されてセンタリングが容易になっています」

170

道辺は、なんだか自分がクレームを受けている気がして、思いがけなく攻勢に転じていたのでした。

「穴の周りを削って加工するのは、それだけ表面積が多くなりますが」

「加工した方がセンタリングをとりやすくなりますので作業時間が早く終わります」

「社外品メーカーさんは、少しでも安く作り上げることを優先されたのではないかと推察しますが、どのような文章を英語になさりたいのでしょうか。私の英語はブロークンですので、正式なクレームの処理には向きません。必要でしたら、別の人を紹介しますが……」

「このままでは収まらないので文句の一つも言いたいと思いましてね。でも正式となるとやっかいそうなので止めておきます」

　結局、話は立ち消えになってしまったのです。

　話が終わったあと、道辺が勝利に近い高揚感に包まれたのは、これから社外品メーカーの当事者になるかもしれない覚悟のようなものを感じていたからでした。

　もしも、道辺が当事者で、FTP NV SG とすでに顧問契約と手数料の契約が済んでいたとするなら、全く違った対処を強いられたに違いないと思ったのです。

　顧問契約と手数料は、販売上ではプラスに作用しますが、ク

レームなどのマイナスには何の足しにもならないと、道辺は結論づけたのでした。

　道辺がフォークリフトの修理現場で働いている人たちのことをひとりひとり思い浮かべてみると、整備の仕事服を着ている誰もが笑顔でした。あの人たちの笑顔を忘れていたと気づいた瞬間、道辺は、社外部品といえども穴の縁をテーパーに加工する必要があると思ったのでした。

　道辺は現場に立ち返って、もう一度今回のクレームについて考えていました。

　「テーパー未加工の社外部品が修理現場の新人のリペアマンに届いて、いざ部品交換となったときに、経験不足でセンタリングに相当時間がかかって、新人がこの社外部品は使えない部品だと言い出した場合は、たとえ上級者には使えたとしても、対処としては純正部品を最短で調達して白旗を揚げるしかないことになるのです。『使えるか、使えないか』の問題は、即、『修理できたか、修理できないか』の問題にすり替わるのです。その時に何度言い訳を繰り返しても結実しないのは、修理はすべてが成功報酬だからなのです」

　「テーパー未加工部品は避けて通れるクレームです。未加工分は価格に反映されるので販売価格が安価に設定されていて、品質よりも価格を優先する市場も存在するのです。安価な社外

172

品を使い利潤を上げるのは、技術力が伴えば非難されるものではありません。画一的な純正部品と多面的な社外品との違いを理解した上で、使い分けることがクレーム処理の原点なのです」

「避けて通れないクレームは、個人のうっかりミスと組織の隠蔽体質がダブルで混在することにより、クレームの原因の所在が曖昧になります。悪縁がダブルで重なると、『運が悪かった』と諦めるしかないのです」

道辺が導いた結論は「クレームは早い段階で見切るべきもの」で、その顛末を FTP NV SG に詳しく説明したのでした。

FTP NV SG から、道辺の方針を尊重したい旨のメールが届いたのは、数週間後のことでした。道辺は、ダブルスタンダードの部品検索サイトを立ち上げることを、FTP NV SG に提案したのでした。

道辺の提案は、どちらの検索サイトも日本のフォークリフトの社外品マーケット向けであり、価格以外は全く同じ画面が制作される条件下で、価格帯 A（一般向け）と価格帯 B の価格差が生まれることで、クレームを全て特別損失の勘定科目で処理するというものです。道辺は「ゴムリゴモットモ」がまかり通る社外部品のビジネスに保険をかけたのでした。

それから、「FTP NV のウエブサイトの中に道辺商事のホー

ムページを入れ込むことなのですか」と、確認のメールが
FTP NV SG から道辺に寄せられたのでした。

　道辺が「部品の検索サイトに、二つの入り口を設定できます
か」と問い返すと、日本語バージョンを二つ作り、価格差を設
けることでいいかとの確認が FTP NV SG から返信メールされ
てきたのでした。

　道辺が「日本語バージョンを一つ余分に作り、従来のも
のを JAPANESE VERSION とし、新しい価格帯のものを、
NIPPON VERSION とすること」と書き加え、メール返信を
してから、しばらくして、道辺の素案は FTP NV 本社で承認
されたのでした。

　それから、NIPPON VERSION を新しく作り上げ、それを
直近のバージョンアップのタイミングで入れ込むまでには、3
週間要するという説明が FTP NV SG からメールされてきまし
た。

　そして、価格差をどの程度にするかを FTP NV SG と話し合
うことになったのでした。道辺は、3 点の部品（マスターシリ
ンダー、ホイルシリンダー、ドライブシャフト）を使って、実
際の販売金額を入れて NIPPON VERSION に入れ込むユニッ
ト価格を確定するために、継続可能な数値を追い求める作業を
開始したのでした。

　試算として価格帯の差額 15% を最初に提示したのは道辺で
した。FTP NV SG から「再計算が必要」との指摘がありまし
たが、実際に計算を積み重ねる過程なので、ご意見は尊重しま

すと、道辺の返事は素っ気なかったのでした。はじめから方向性を持ちたくなかったというのが道辺の本当の気持ちでしたが、誤解される可能性が残ったままでした。

　結論として、15% の差では、注文の重量の合計が 5kg 以上で、その上、国内販売価格の合計が 35,000 円を上回らなければ、利益確保ができないという結論に達したのでした。

　道辺が算出した仮の数字は的外れなもので、FTP NV SG からの「再計算が必要」という指摘は筋が通っていたのでした。価格差を 25%、もしくは 30% のどちらかを選ぶ段階まで詰めた時点で、FTP NV SG から、最終決定は道辺の判断を尊重するとのメールでの回答があったのでした。

　「道辺は、30% を選んだのでした」

　「ゴムの打抜き加工された部品の中にはフロアマットのように、多量運送と個別運送との価格差の幅が大きすぎて社外部品の参入を許さない部品もあるのです。

　定価の半値八掛けが社外品の相場とすれば、宅配便の運送代が定価の 30% 以上になれば、社外品のマーケットは成り立たないことになります。特別契約運賃と一般向け運賃の価格差が高い壁となった結果ですが、特別契約運賃と一般向け運賃の価格差は、ハンディキャップにはなりますが、過去に多くのハンディキャップを乗り越えて、今日まで社外部品販売会社が生き残ってきたことを考えると、社外品の分野は無法地帯のように

見えて、高くても安くても生きていけない厳格な価格帯ルールが存在しているのです」

　一本の電話が掛かってきました。

　「この前のハブ付きのロードタイヤですが、タイヤサイズは合っているとのことですが、現車についているハブと送られてきたハブとは形状が違っていて取り付けることができないとのことです。ディーラーに確認していただけませんか」
　「違いがあることはわかりましたが、どんな違いですか」
　「スペーサーがついていないとのことです」
　「分解図面を見ていますが、見当たりませんので、違いをイラストにして送って頂けますか」

　「ロードタイヤとはハブと呼ばれる鋳物を加工した筒状のタイヤの中心になる部品にウレタン樹脂のタイヤ部分を数百トンで圧入して取り付けたもので、フォークで持ち上げた荷物の重さを支えることから LOAD TYRE の名前が付与されています」

　クレーム先からイラストの図面は結局送られてこなかったのでした。
　打てども響かない場合は、販売先とエンドユーザーの間に中間業者が入っていることが予想され、これ以上押しても引いても無駄なことがわかったので、道辺はこの取引の発端となった

176

見積書から見直すことにしたのでした。

　新しい分解図面を客に送ると、分解図面に丸印が書き込まれたコピーと共に納品したロードタイヤ２本が道辺商事に返品されてきたのでした。

　正しい部品の出荷準備が整ったことを連絡すると、先方からは意外な返事が返ってきたのでした。

　「手違いがあったようですが、正しい部品を２個、本日出荷します」

　「それは困ります。客先から１個でいいと言われているので」

　「元々の注文も２個でした。その２個もこちらに返ってきています。１個でいいとおっしゃるのは納得がいきません」

　「１個は、ご自分で地元のディーラーから購入したそうです」

　「その時点で部品番号が間違っていることがわかったはずですよ。その時点で連絡をいただければ、こんなことにはならなかったはずです」

　「真円を基調とする左右対称のタイヤ修理は、最初の注文が２個の場合、均一摩耗での交換と考えられ、一個の場合は、片減りか事故による破損が考えられるのです」

　理屈が合わない商売は、客の希望をそのまま受け入れても、こちらの言い分を通して押し付けても、悪い先例を残すだけだと道辺は判断して、今回のトラブルは事故扱いの赤伝処理をす

ることにしたのでした。

　メーカーから修理現場まで部品を確実に届けることが自分のすべきことだと思ってきたことが、それだけで十分なのか、道辺は自問しながら、全く違うことを思い浮かべていました。

　「いすゞ自動車が抜本的な改革をして、部品数を 100 万点から 30 万点にまで絞り込むことを実行して、経営危機を回避した事例を検証して、それをフォークリフトに置き換えてみると、フォークリフトは部品を減らす方向にはなくて、むしろ増えているのが現実です。改革の余地があると考えることもできますが、本当のところは、フォークリフトメーカーにその覚悟はないのです。国際的なフォークリフトの価格競争に打ち勝つためには、部品数の削減が避けては通れないのです。今の中国は、かつての日本と同じで、強い追い風に押されて、総部品数を減らすことはしないし、できないのです。そのことが、将来において、中国のアキレス腱になるのです。日本メーカーが部品総数を絞り込むことができるかが問われているのです」

　道辺が事務所の窓を開けて空を見ると雲が流れていました。

　「100m でマイナス 1 度の上昇気流に乗った空気中の水蒸気が気体から固体に変化して雲になります」

　道辺は「固体、液体、気体の三態」を思っていると、部品も

状況が変われば、状態も変わるはずだと考えていました。

　「小さな会社で社外部品を扱うとなれば、部品を在庫できるスペースも、部品を管理することも、社外部品を販売できるための最小限の知識も、社外品の販路もないのであれば、社外部品の取り扱いを取捨選択することも大事なことになります。取り扱わない方がプラスに働く部品もあることに気づく必要があるのです」

　そのうちに、FTP NV SG より、JAPANESE-VERSION と NIPPON-VERSION それぞれのページが完成したことの報告と、それぞれの LOG-IN PASSWORD がメールされてきました。

　FTP NV の WEB SITE からページを開くと、UNIT PRICE（単価）以外は、一字一句まったく同じものになっていました。それは、道辺の希望が 100% 反映されたものでした。FTP NV のウエブサイトの JAPANESE-VERSION に LOG IN できるのは、道辺のみで、NIPPON に LOG IN できるのは、道辺と道辺が推薦状を FTP NV SG に出した道辺の顧客だけでした。

　推薦状に顧客の会社名と住所、電話番号、ファックス番号及び E-MAIL ADDRESS を記載して、FTP NV SG に申請すれば、直接に LOG IN PASSWORD が推薦状の顧客に FTP NV SG から直送され、CC（カーボンコピー）で道辺に並送される仕組みとなっていました。すべての顧客のパスワードに NP が入れ

てあるのは、JAPANESE との区分けの必要からでした。

　同時に、道辺が JAPANESE-VERSION の部品検索サイトに、客が NIPPON-VERSION の部品検索サイトに進んで、画面を見ながら商談を進めることになっても、商談は同時進行の形式を維持することができたのでした。

　自社専用の ID PASSWORD を受け取ると画面操作に寝食を忘れるくらいのめり込む顧客も多くいて、とんでもない時間に道辺に電話が掛かってくることがあったのでした。

　多くの顧客が、サンプルオーダーに一番安いゴム製品を入れるのは、ユニット価格が 100 円未満で、失敗しても損失は少ないと考えていたからでした。

「どうなさいましたか」
「O-RING を 1 個、海外から買いたいと思いましてね」
「注文番号はインプットされましたか」
「001 にしました」
「買いたい部品は、それだけですか」
「ユニットプライスが 50 円でした。急いで必要な部品ではありませんが、やり方を覚えたいと思いまして」
「すべてにミニマムチャージが加算されることは、ご存じですか」

「O-RING 1個ですから、10グラムもありません」

「航空運賃は2キログラムまで、おなじ運賃計算です。輸入税や手数料は部品の申告価格が安いので免除となります」

「どのくらいになりますか」

「通関後に国内貨物としてO-RING 1個を受け取るには、5,000円以上になります」

「100倍以上ですね。……キャンセルはできますか」

「可能ですが、この画面は自動受付専門ですので注文のボタンをクリックしていたら、この画面上でのキャンセルはできません。その場合は、こちらからキャンセル依頼のメールを出します」

「お願いします」

「商品の説明と価格の画面までは自由に行っていただいていいです。価格まで表示されたページをプリントして、それをこちらにファックスしてください。直接海外に注文されるのと同じ金額で用意できますので、多くの無駄が省けると思います」

「道辺の提案は、顧客に歓迎され、ビジネスモデルとして定着したのです」

　輸入の売り上げは、道辺商事の総売上の2%にも達しなかったのですが、道辺は輸出専門商社から、輸出と輸入の総合商社に脱皮できた達成感で満たされたのでした。

「企業を牽引する力をベクトル表示すれば、方向性が違う二つの力が重なってこそ、新しい力が生まれ、いかなる状況にも対応できる企業体質が、そこから生まれるのです」

　道辺は、2008年の秋のリーマンショック以降の数年間は、売り上げ回復に望みを持ち続けていましたが、リーマンショック以前の年間売り上げを参考にする機会も少なくなると共に、当時を思い出すこともなくなってきていたのでした。

「リーマンショック直後から売り上げが急激に落ち込み、回復することなく時だけが過ぎ去り、リーマンという言葉も風の彼方に運ばれ、あまりにも大きな代償を払った見返りが、中国の台頭と考えれば、リーマンショックで、我々は『耐える美学』を学んだに過ぎないことになるのです」

「一人会社」での道辺の一日の時間の割り振りは、部品と関わる業務が９割を占めていて、経理全般をチェックする定期的な時間はほとんどなかったのでした。道辺にとっては、売掛け、買掛けは、帳簿上の数字であって、現実的には月末に残っている現金を先月末と比べることが経営状態の判断の全てでした。

「月末の現金だけを追いかけることは、目をつむってゾウの皮膚を触って、巨像を想像することに等しいとすれば、税理士

からすれば何の根拠もない数字となります。しかし、机上の数字だけでは『一人会社』の日銭を稼ぐ経営はできないのです。月末の現金は、昨日までの日銭稼ぎの結果であり、明日からの日銭稼ぎの原資となるものです」

リーマンショック後の三期連続赤字決算は道辺商事の信用力低下に直結したのでした。結果として銀行からの借り入れができなくなったことで、道辺は開き直ったのでした。数か月かけて、銀行からの借り入れをすべて返済したのち、事務所の機器類はリース解約ですべて終了し、新しい機器からは買い取りに切り替えたのでした。出張は原則しないことにし、交際費の勘定項目を廃止した結果、道辺商事の月末の現金残高が不思議なくらい変動しなくなったのでした。

「5年のリース機器だと、3年半経つと次の機器の商談を業者が仕掛けてきます。リース満期の一年早めに商談をまとめるのがリース業界では定着していて、ざっくりと25%を荒稼ぎできる仕組みができています。リース契約が経費で落ちるのは多くの利益を計上できている会社であり、月末現金主義の『一人会社』では、経費で落とすメリットはほとんどないのです」

電話が鳴り、道辺が電話を取ると、地方銀行からの海外送金（入金）案内でした。いつもは、「入金手続きをお願いします」で終わるのに、道辺が世間話を付け加えたのでした。そして、

何かに操られるように道辺は二度目となるドル預金の話を始めたのでした。

　「資本金の一部をドルに換えたいのですが、相談に乗って頂けますか」
　「税のことは私どもではわからないところがございますが」
　「税務署とは話をしました。資本金の一部をドルにすることは問題ないそうです」
　「そうですか」
　「資本金と現金預金とは明確に区別をしないと、おそらく決算時に問題が起きると考えられます」
　「減資と増資ですか」
　「ドルに換える分の日本円を減資して、そのあとで同額をドルで増資することになります」

　道辺は、銀行と話をするなかで自分は異物を入れ込んで話をしていて、その異物とは、「資本金」だと気がついたのでした。

　「まだ、考えがまとまっていないのに話を持ち出しまして申し訳ありません。まずは、私自身の個人口座から、ドル預金を考えるべきでした」
　「個人でしたら、当行でも扱っていますので、外貨普通預金通帳をお作りできます」
　「これもご縁ですので、大きな金額はできませんが、そちら

の都合がいいときにでも、お願いします」

「当行での外貨普通預金の担当は私一人ですので、事前に連絡を頂けるとたすかります」

「では、連絡してから伺います」

電話を終えると、「英語圏」に対しての強いこだわりが、自分の身体の中から抜けていないことに道辺は気づかされたのでした。

「日本とシンガポールの人口の差は20倍以上、国土の差は500倍以上あるのに、シンガポール人が話している「英語量」は、日本を遙かに凌駕している。その上、マレーシアの英語力の向上にシンガポールの果たした役割は絶大であり、韓国の英語力アップの推進力の一つになっています。シンガポールの繁栄は地理的なものだけではなく、国民一人一人の英語の発信力に支えられています」

道辺は「英語圏」を遠くに見据えながら、今の自分ができることは「ドル預金」をすることだと思ったのでした。

道辺が銀行に電話をすると、ちょうど外為の担当者が電話口に出ました。

「いつもお世話になっております。ご用件を承ります」

「ドル預金のことですが……」

「今から一時間は窓口にいますので、お話を伺うことができます」

「遅くなったときには、どなたかに説明していただいてもよろしいでしょうか」

「ドル預金の説明ができるのは私だけですから」

「では、今から伺います」

　ドル預金の担当者は書類を準備して道辺を待っていました。

　邦貨の通帳から一部の現金を引き出して、ドル預金の口座を開設する書類にすべて署名し、紫色の外貨普通預金通帳を受け取ったのは一時間後でした。

「通貨USD、お支払金額の欄には本日の円ドル交換レートが印字されていて、お預り金額の欄にドルの数字が印字されています。この時点で、邦貨預金と外貨預金の違いが、預けた日の為替レートと邦貨に換えたときの為替レートの差額に対しての銀行の責任が存在するということになります。外為の担当者が繰り返し確認をしてきた個人資産のことは、『ドル通帳だけではドルをそのまま引き出せない』ので、流動的にドルを利用することができないという点です。ドル通帳からお金を下ろす場合は、ドルをその日のレートで邦貨にして、同じ銀行にある本人名義の邦貨の通帳を経由して邦貨として引き出す仕組みです。

　ドル預金は金融資産であって、現金ではないのです。邦貨の

通帳から、新規のドル通帳を作るまで、銀行でドル紙幣を目に
することはないのです」

　銀行の担当者から最後に言われた言葉がぽつりと道辺の中に
居座っていました。

　「ドル預金は定期預金と同じくらいに長期的にお持ちいただ
きたい商品でございます。よろしくお願いします」

　道辺自身は日々の貿易実務を通じて為替のことは知っている
つもりでしたが、日本円での取引なので、自分の外貨の知識は
中学生並みだと思いつつも、ドル預金を持ったことで、新しい
世界が開けるような予感がしていました。

　道辺が窓を開けて、新しい世界の風に触れたいと願ったと同
時に電話が鳴ったのでした。受話器の向こうから聞こえてきた
のは、道辺の遠い記憶の中の土の香りの言葉でした。

　「そろそろ、くらすかいの、じゅんびをせんといけんのじゃ。
　からだじゅうが、ゆうことをきいてくれんのよね。
　だれもが、きをつこうてか　かもうてくれんのよね。
　それに、にぎりとかげでいわれとるんよ。
　おかねがないのは、くびがないのと、おなじじゃけんね。
　はんとしまえに、しゅじゅつをしてもろうたんよ。

ぜんしんますいのあとの、ふっとぽんぷが、えらいんじゃ。ぽんぷがあしをしめつけて、ねむれんけぇね。おおごとよね。けんこうでないと、しゅじゅつもむりじゃということよね。

　としをとるいみを、おもいっきりしらされたんじゃけんね」

　しばらく言葉が途切れ、道辺が電話を切ろうとした瞬間、聞こえてきたのは、別人のような、かくしゃくとした声でした。

「厚生労働省（厚労省）は厚生省と労働省が統合されてできたので、医療から雇用まで、国民一人一人を生活面で支えることでしてね。おおよそ、1日に2300人が生まれて、3800人が亡くなる現実と直接向き合う厚労省の役人はかなりの重労働ですよ。しかし、同情はしても、自分のことになると別ですよ。75歳の新しい国民保険に切り替わった途端に、保険料は、年間で190,000円の負担増ですよ。歳をとれば負担が増える保険なんて絶対にありませんからね。制度の欠陥で、扶養家族のダブルスタンダードですよ。

　厚労省の役人の答えは、きまって『お客さまのご意見は必ず上に伝えます』ですからね。上申書を吸い上げているのか、吐き出しているのか、わからなくなるくらいの重労働ですからね。厚労省の外局の社会保険庁の役人も、重労働ですよ。12月28日の御用納めの日にも、一般の会社に聞き取り調査の長電話を1時間近くも続けている役人もいて、終わりのない重労働ですよ」

電話は、道辺が口を挟むことのないままに、一方的に切れたのでした。キツネにつままれたような感覚のまま、5分、10分、20分、30分が経過したときに、不思議なことが、道辺自身に起こったのでした。

　土の香りの言葉が、再び道辺に舞い降りてきたのでした。

　そして、道辺はそれらの方言を完璧に理解できたのでした。

　「ふるさとの方言は身内とよそ者を明確に区別するもので、方言を喋れることが身内である唯一の証明となるものです」

　道辺は心の中で叫んでいました。

　「いつか、ふるさとに帰ることができる」

　道辺は、同級生の中に電話の主がいると思いながら、一人一人を思い浮かべていると、多くが、地方公務員を定年退職後、自宅の裏庭で畑仕事の晴耕雨読の日々を送っていたのでした。道辺が選んだのは、リダイヤルをしないことでした。

　この前のクラス会が「還暦祝い」だったので、電話の主も、定年後の人生を歩み続けている現実が言葉の節々にちりばめられていて、道辺はぽつりと言葉を漏らしたのでした。

　「だれもが、頑張って生きている」

　道辺は、もし、再び電話があったら、身内の証明をしたいと

考えていました。そして、電話の前に張り出して、何度も練習を始めたのでした。

「歳をとると、はぐいいことだらけよね。背も一センチちぢんだんよ」

数日経っても、電話が鳴ることはありませんでした。

道辺は、クラスメート全員の力添えを背中に感じながら、消費税二桁時代に挑み続けることを考えていました。

「経済の低成長時代のなかで、それぞれの地域（北海道、本州、四国、九州、沖縄及び南西諸島）が独自の発展をめざす過程で、ヨーロッパの国々から学ぶことが多くあるはずです。日本はいつの日か、アメリカを離れてヨーロッパに接近することになります。
　ヨーロッパの平均的な消費税は、20％アップです。そして、いつか日本もヨーロッパと同じ消費税率に近づくことになります」

道辺が始めたのは、消費税の総括でした。

「1989年春に消費税が税率3％で導入され、消費税を含む総額の場合を内税、消費税別表記の場合を外税とされ、産業界全

体では、消費税を分離記帳できる外税が定着したのです。

　3％以上の利益を確保している多くの会社にとっては消費税の3％は、輸出専門商社でさえ、ウインウインの税率であったのです。1997年春から、消費税が3％から5％に上げられた当初は、2％アップが一人歩きして、次は6％か7％になるのは目に見えていると誰もが軽く口に出すことはあっても緊張感は一過性で、多くの人にとっては対岸の火事でした。

　税率5％になることは、利益率5％の線引きであることでもあり、粗利の5％を内部留保する健全性が求められます。

　消費税を預かり金として別口座に移すことをしないで、転用してしまう会社は、景気の好循環から、景気の悪循環に一気に景気トレンドが変わったときに、資金ショートが起きて、『溺れる者は藁をもつかむ』ことになりかねないのです。輸出専門商社にとっての消費税5％は、強い逆風となったのです。

　2014年春から、消費税は税率を5％から8％になりました。消費税が導入されて四半世紀が経過していて、消費税は社会生活の中にしっかりと根を張り、消費税無用論は選挙の争点にすらならなくなっていたのです。

　今回の8％は、前回の2％から3％のアップになり、実に1.5倍です。ヨーロッパ先進国の消費税率の平均は20％を超えていて、それに向かって一直線に進む国策の不退転の決意が込められた数字でもあるのです。

　8％は次世代の二桁につなげる橋渡しの数字だけでなく、まさしく納税者のマインドコントロールの役割をも担っていたの

です。

　輸出専門商社にとっては、戦術なくして勝機が見えないレベルの逆風です。消費税の還付で救済されるのですが、消費税還付金は、税務署に申請して承認されて現金が会社の口座に振り込まれるまでは使うことができないお金ですから、急場しのぎには何の役にも立たないのです。消費税の還付金の申請は、1年分、3か月分、2か月分、1か月分と分かれています。毎月申請しても、現金が国から振り込まれるのは2か月後になります。その時の売り上げは赤字になり、2か月後に国からの還付金で、ようやく黒字になるのです。この時間差が、黒字倒産の温床になる可能性があるのです」

　「人材の豊かな大企業は、消費税二桁時代を見据えて、消費税率5％の時からエリートを選抜してキャッシュフローを厳密に管理する独立した部署を作り上げています。それとは対照的に、中小零細企業群は、人材面の余裕はないので、消費税二桁時代を見据えることもできないままなのです。まして『一人会社』ともなると、お手上げ状態なのです」

　道辺は輸出専門の「一人会社」で消費税率が20％になったときのことを考え始めました。

　「消費税還付を一年に一回とした場合、自己資金の持ち出しはいくらになるのかということです。年間輸出用の部品仕入れ

を1億円とすれば、単純計算で2000万円分の予定還付金が発生します。申告から還付金が入金されるタイムラグを45日とすれば2300万円分の消費税対策費が必要になります。

　一年に4回としたときは、単純計算で、575万円になり、資本金は1000万円必要になります。

　一年に6回としたときは、単純計算で、383万円になります。資本金は800万円必要になります。

　一年に12回としたときは、45日計算で、287万円になります。資本金は700万円必要になります」

　道辺が、数字から離れるために、お茶を飲んでいたら電話が鳴りました。

　道辺が電話を取ると、商社時代の先輩の訃報でした。南アフリカ共和国が金とダイヤモンドで潤っていた時代に商社マンとして活躍された先輩で、数年前に電話で話したのが最後でした。道辺は最後の電話を懐かしく思い出していました。

　「世界の主要国である日本が、アフリカと同列に置かれることはあり得ないとと思うのが常識ですが、日本の1991年から2011年までの20年間とサブサハラ（サハラ砂漠の南側）アフリカの1981年から2002年までの20年間の共通項は『成長の時計の針が止まったまま』と言うことになります」

　「サブサハラには特別なお気持ちがおありでしたから」

　「あの頃の躍動感が今でも忘れられなくてね」

「あの時代は特別でした」

「昨今の日本は、輸出が低下していて、ちょっとさみしさを感じます」

傷の入ったレコード盤が同じことを繰り返すように、先輩の言葉が、道辺の身体を回っていたのです。

魔法の絨毯で輸出振興の追い風に乗って世界中を飛び回っていた 1975 年を懐古しながら、道辺は先輩の冥福を祈っているうちに、「20％の消費税率時代を、間口を広くして、もう一度考え直しなさい」と先輩からの最後のメッセージを受け取った気がしたのでした。

「日本の人口減少と高齢化が止まらないとすれば、消費税率20％は避けて通れない。20％の消費税率時代の到来に今から備える必要があることは、概ね、理解される。しかし、だれも、その時の日本を描ける人はいないのである。今の産業界の多くが、日本からの輸出依存経営に傾注しているものの、その時になれば、日本からの輸出依存経営は破綻するのは目に見えている。生産拠点も営業拠点も日本から離れることでバランス経営に専心することになる」

「日本の得意分野は、ズバリ『部品製造』です。どのメーカーも既存の高品質な部品を新製品に組み込もうとするのは、コストカットのためです。それ故に、消費税率20％時代を、日本の優良な部品メーカーは生き残ることができます」

「部品の仕入れは、消費税率20%時代の厳しい環境下では、ディーラーからの値引き率の攻防は避けて通れないことになります。針に糸を通すような細心の注意を払いながら値引き交渉に臨まなくては、一方的に押し切られてしまいます」

　道辺が消費税率20%を想定した原点は、現行のヨーロッパ諸国の消費税率でした。そして、アメリカ一辺倒からヨーロッパにシフトすることでした。「もう一度考え直しなさい」という先輩からのメッセージは、ヨーロッパとは別のところにあるかもしれないと思えたときに、道辺の脳裏に浮かんできたのは、韓国でした。

　「日本がOECD（経済協力開発機構）の加盟で先進国の仲間入りしたのが1964年で、韓国が加盟したのが1996年、実に30年以上も、日本と韓国は「近くて遠い」関係にあったのです。韓国は先進国としての自覚と自信を積み重ねて、急速に日本に近づき、今や日本を追い抜く勢いなのです。

　高齢化社会と少子化を見据えたときに、日本と韓国は同じ運命を背負っていることになります。勝利なき茨の道を両国は歩き続けているのです。

　消費税率20%は日本だけの問題ではなくて、また、韓国だけの問題でもないのです。二つの国に同時に問いかけられた、待ったなしの問題なのです。お互いに相手の国情を思いやり、

将来の消費税20％税率にむけて、ソフトランディングの足場作りを、共同で始めることを躊躇している暇はないのです」

「純正部品の仕入れルートを二つ持てないか」との打診が、FTP NV の輸入担当者から道辺に一方的にあったのでした。道辺は FTP NV の考えが全く理解できなかったので、「考察したいので時間を頂きたい」と答えるのが精一杯でした。

　これが、口火を切ったものなのか、軽い「アタリ」なのか見極めるために、道辺がとった行動は原点回帰でした。

　「仕入れ先を二頭立て馬車にすれば、より安定する戦術は、相当の力量がないとできない。まして、一人会社の小さな手でつかみ取れるような話ではない。仕入れルートを二つ持てば、一つをファックスで、もう一つをメールするようにして、送受信を完全に分けない限り、いずれ情報が交錯し、そのことがメーカーに露見し信頼関係に悪影響を及ぼすことになるだけでなく、二つのディーラーを経由した注文はメーカーに届きデーター処理されると、販売先が同じであることは、遅かれ早かれ、メーカーの部品担当者に気づかれてしまうことになる。メーカーは、遠回しに両方の仕入れ先のディーラーに対して聞き取り調査を行うことを断行し、両方のディーラーに改善を求めることになる。『二兎追うものは一兎をも得ず』になる可能性は否定できない。軽い『アタリ』として、聞かなかったことにして、闇に葬ることである。『三十六計逃げるに如かず』です」

道辺は、「口火を切ったもの」と対峙していました。

　「FTP NV からの『純正部品の仕入れルートを二つ持てない
か』という打診の本音が、『純正部品の仕入れ先が一つだけで
はリスクがあるので、FTP NV では、道辺商事のほかに、もう
一社持ちたいと考えている』であるとしたら、FTP NV 本社内
で確かな戦略が動いていることになる。しかも『シャドウビジ
ネス』がなんたるかも理解しようとしない世代の役員が経営
方針に口を挟んでいることになり、そのことは、既に FTP NV
の経営陣の世代交代が始まっていることになる」

　一杯の日本茶には、道辺の気持ちをクールダウンさせる効能
がありました。

　「アジアの戦略基地としてのシンガポール支店は非の打ち所
がない。それを十分に理解した上での日本上陸となれば、日本
進出はフォークリフトとは違う新たな目的を有している。中国
と比較する癖が付いているので、日本人の多くが日本の市場を
比較的小さいと思い込んでいるが、ベルギーから日本を見れば、
まだまだ日本は魅力に溢れていて、ヨーロッパから日本に向け
て輸出されている機械類も今後増えると予想すれば、ビジネス
チャンスは無尽蔵とも言える」

道辺は、FTP NV の日本進出は、直接的な脅威にはならないと結論づけたのでした。FTP NV からの打診をそのままにしていると、FTP NV からの追加要請は二度となかったのでした。FTP NV が日本上陸した後で、いずれ新しいビジネスの局面を迎えることになるのを 2 年後と予想し、道辺は、そのときまでにすべきことを考え始めたのでした。道辺の脳裏をよぎったのは、江戸時代の米沢藩主の上杉鷹山の一首でした。

　「為せばなる　為さねば成らぬ　何事も　為さぬは人の　為さぬなりけり」

　道辺は自営業の小さな枠をはみ出そうとしていたのでした。

　「輸出と輸入のバランスをとることで為替変動のリスクを回避するには現在の輸入量では少なすぎる。同心円で円周に違いがあれば一回転で進む距離が違うことになる。資金回収までの時間の長さが、海外への輸出は 15 日、海外からの輸入の国内販売は 60 日とすれば、海外への輸出量と海外からの輸入量を 9 対 1 とすれば、平均は 19.5 日になり、理想値を 5 対 5 にすれば、平均は 37.5 となり、回転資金は現行の 2 倍は必要になる」

　道辺が数字をチェックしていると、ドアホンが鳴って、着払いの部品が届いたのでした。

「大阪から名古屋までで、このサイズで、3,372円は、高い
ですね」
　「おっしゃることはわかりますが、私ではなんともなりませ
んので」
　「そうですか」
　「申し訳ありません」

　部品を受け取った後でも、割り切れなさが残っていて、道辺
は部品の入っている段ボールを開けないままにしておいたので
した。数字のチェックが重なったことで、道辺は現実の疑問を
クリアにしたい衝動に駆られたのでした。

　「段ボールを実測すると、370mm×310mm×270mm、　合計
950mm　で、重量は 18.3kg です。着払いで請求された金額は
宅配便の 2.4 倍の金額だったのです。さすがにこのままにはで
きないので、運送会社に価格差の説明を求めると、ドライバー
が運賃計算を間違ったとの説明で、差額を支払いするとの回答
が大阪の発送支店からあったのです。内々で処理をしたい企業
エゴに対して、道辺は、言葉に一罰百戒を込めました。

　「我々の業界では、運送代は原価をそのまま請求することが
基本です。このまま気づかずに 2.4 倍の運送代を実費請求する
と、我が社は客先からの信頼を失うことになります。部品の製

造から部品が最終購入者に届くまでに、平均すれば運送便の利用が5回以上となれば、一つのミスがそれだけで終わらない可能性があります。日本が世界に誇れるものは、車だけではありません。新幹線並みの正確さ、速さを誇るロジスティクスもその一つです。ロジスティックスは多くの企業で経費扱いでしたが、リーマンショック後の経営見直しの中で営業扱いとした企業も多くあります。梱包するにも材料費はかかります。梱包作業、送り状、運送会社への集荷依頼と一連の作業では少なく見積もっても10分以上はかかります。時給を1200円としても、200円以上になります。毎日、発送が6個あれば、1,200円かかります。もはや、運送代をそのまま請求する時代ではありません。どんな小さな利益でも、毎年必ず利益を出せる部門はバランスシートで存在価値を発揮します。運送代は経費で落とすものではなくなっています。運送代をおろそかに扱えば、蟻の一穴になります。毎日5個の発送で、1年50回とすれば、200円×250=50,000円となり、5%の見込み利益の会社では、100万円分の取引と置き換えることになります。

　ロジスティックスはもはや脇役ではなく、世界経済のベルトコンベアの役割を担っています」

　道辺は電話を切った後も、高揚感と過言の狭間でゆれていたのですが、時間とともに、過言が道辺の心を支配していったのです。今回の届いた小包が部品の仕入れではなくて、個人の一回限りの小包であれば、軽い疑問が風紋のように残り何時しか

風と共に消え去っていくことになったのだろうと思ったのでした。

　後日、ドライバーが差額を支払いに事務所に寄ってくれました。

　道辺は再び数字と向き合い始めたのでした。

「数字を用いて正面突破を試みた方法は野心的で一方的であって、ひとたび数字の信頼性が失われると、正面突破は阻止されることになるのです」

　FTP NV からの輸入を増やすことが次の時代に生き残るためには避けて通れない道筋であることを理解しながらも、野心的で一方的な性格は交渉事には不向きだと、道辺は自己診断をしたのでした。

　FTP NV と道辺商事との間で輸入と輸出が同額に近くなれば、為替変動による為替差益と差損を100%相殺できる。輸入が30%で輸出が70%でも為替の変動ロスを60%相殺できることになります。

　孫子の兵法の中に、「敵を知り、己を知れば百戦危うからず」とあり、己を知って敵を知らなければ、勝負は五分と五分です。道辺は、先ず、己は何者かと自問したのでした。

「商家に生まれ、家業を継ぐことに疑いもなく一途に商道を求める人は、商人と呼ばれています。学業を終え、社会人となって会社に就職して職務を全うする人は、会社員（ビジネスマン）と呼ばれています。仲間と起業し、仲間と会社を作り上げ、組織の頂点に立って会社を運営する人は経営者（マネージャー）と呼ばれています。

　一人で起業し、一人で会社を運営する人は、法人であれ非法人であれ、自営業者と呼ばれています。下世話には、一匹狼と言われることもあります。

　『一匹狼』とは、群れ（グループ）を離れて一匹だけで生き抜くオオカミのことで、グループ（組織）から距離を置き、生き残りのために自分の全てを注ぎ込む生き方をしている人です」

　実効性のある戦術は正面突破しかないという考えに辿りつくと、道辺が企画したのは、フォークリフトの社外部品の大手商社に FTP NV ブランドの売り込みをかけることでした。

　「質より量で押し通すのが正面突破とすれば、大手商社との交渉には自営業者では、バランスが取れない。知略だけでは実効性のある全面突破は不可能となる」

　道辺の戦略は FTP NV を全面に押し出し自分は従者に徹することでした。

道辺は正面突破すべき交渉相手も決めていないのに軽々に FTP NV を動かすことになると思ったのですが、FTP NV からの輸入を増やすことが生き残るには避けて通れない隘路（あいろ）、ボトルネックであることも理解していたのでした。

　輸入と輸出が同じ会社であれば、為替の変動によるロスをお互いに 100％相殺できます。輸入が 30％で輸出が 70％でも為替の変動ロスを 60％相殺できる。FTP NV の規模が道辺商事の 100 倍以上では、独りよがりの理論であることも、議論がかみ合わないことも道辺は理解していましたが、相手が何であれ、疾風（はやて）のごとく動くときは、「今」だと思ったのでした。

　道辺は、大阪のフォークリフト部品専門商社のダイヤス商事の営業部長の犬飼健と言葉を選びながら対峙していました。

　「こちらからの申し込みを快諾してくださり、感謝しています」
　「名古屋からご苦労さまです。純正部品を手広く扱っておいでになると伺っています」
　「部品のことも知らずに商売を始めました。ただ運がよかっただけのことです」
　「運が落ちていても、誰もがそれを拾い上げることができるものではありません。運を拾うのも実力ですよ」

犬飼部長と道辺は、お互いのことを話し始めて、いつしかリーマンショックの後始末に話は移っていったのでした。

　「リーマンショックの直後から、売り上げが４分の１まで落ちまして、今は５分の２まで回復しましたが、リーマンショック以前の売り上げはもはや望むことはできません。いつしかダウンサイジングするときが来ると考えれば、その時が来たのでしょう」
　「リーマンショックの苦労話は、多くの方々から聞きました。その中には連絡が取れなくなった方もいらっしゃいます。ありがたいことに、お客さまの帰属意識が相当に高いので、我が社の落ち込みは、どちらかと言えば、少なくて済みました。アフターマーケットの熱しにくく冷めにくい特徴ですね。稼働率が下がると、リフトの故障率も下がりますが、フォークリフトを放置していますと、いざ動かすときには意外と修理費用がかかるものでしてね」
　「アフターマーケットが安定している理由がわかりました、ありがとうございます」
　「景気に影響されることが少ない業界ですが、雇用の安定が、経営の安定につながりますので、景気の悪いときに求人募集をしています」
　「景気の悪いときにこそ、いい人を確保できるチャンスがあるということですね」

道辺は、しばらくベルギーの話をしてから、本題に入ったのでした。

　「海外の部品メーカーとご縁ができましてね。日本の市場に自社ブランドを売れないかとの相談を受けました。その時は深く考えないままに『リサーチして報告します』と差し障りのない返事をしました」
　「最初からわかっていることって、結果も想定内におさまることがほとんどで面白くありませんからね」

　道辺は核心を突く議論に駒を進めるために、FTP を前面に出したのでした。

　「まずは、FTP ブランドのクオリティーがどんなものかを確かめていただきたいと思っています」

　道辺は、持参したノートパソコンを取り出して NIPPON ではなく JAPANESE のページを開いたのでした。ダイヤス商事がフォークリフトの部品を台湾や中国から輸入していることを事前に知っていた道辺は、先ずは正面突破を試みたのでした。
　事前に用意した、TOYOTA の部品番号を入力し、そのページを犬飼に見せながら道辺は話を進めていったのでした。
　TOYOTA には、全く興味を示さなかったのに、KOMATSU、MITSUBISHI、NISSAN、TCM、SUMITOMO、NYK と ペー

ジを開いていくと、犬飼部長がこちらからの部品も確認したいので、パソコンを拝借したいと申し出てきたのでした。

「お昼をご一緒に如何ですか」
犬飼が案内したのは、うどん屋でした。
「この店のうどんは出汁がうまいですわ。大阪といえばコテコテのイメージですが、本当は出汁ですからね。京都の一段高いお座敷とは違って、暖簾をくぐる庶民の味ですから」
道辺は、犬飼の「オオサカエレジー」を聞きながら、大阪の出汁を堪能したのでした。
会社に戻ると、テーブルの上には道辺のパソコンと、犬飼部長の前には、レポート用紙が数枚置いてありました。犬飼はレポートに目を通した後、それを道辺に手渡したのでした。

「ここまで充実したウエブサイトの会社は、日本にはないでしょう。私個人的な立場ですが、FTP ブランドには興味があります。会社として正式に取引をスタートする前にサンプルオーダーを考えています。お渡ししたのがサンプルオーダーリストです」
「早速、取り寄せます。到着しましたら納品します。サンプルですので無償にさせてください」
「道辺社長は必殺仕事人ですな。このままでは寄り切られてしまいますなあ。なんとか折り合えませんかなあ」
「では原価だけ請求させてください」

「これも、名古屋商法ですかなあ」

「右も左も知りませんので、犬飼部長のご指導を頂けるとありがたいです」

「わかりました。一度、FTPブランドがこちらに届きましたら、検品してその結果を報告します」

「犬飼部長の結果報告を参考にさせていただいて、マーケットリサーチを完成させます。本日は、これにて失礼いたします。納品までに、10日前後かかると思います。よろしくお願いします」

「新幹線までお送りします」

若い社員が玄関に車を寄せて、道辺の乗車を待っていました。

「お世話になります」

「原口です。新幹線の南口でいいですか」

「はい」

車の流れに合流し、渋滞に巻き込まれると、道辺の方から声を掛けたのでした。

「服に身体を合わせるという言葉がありますが、大阪には大阪の道の形が出来上がり、名古屋は名古屋の道が出来上がっています。人口が増えれば、増えたように道が作り直されますし、人口が減れば、減ったように道が変わっていきます。変幻自在

なのは、道だけでなくすべてに言えます」

「会社もそうですか」

「日本でフォークリフトが普及して、ディーラーだけでは修理の手が足らなくなって、主に自動車関連の修理会社がフォークリフトの修理を引き受けるようになったのが、1970年代の前半です。1980年代になると、フォークリフト修理一筋の修理技術者の割合が多くを占めるようになったのです。フォークリフトが物流の一翼を担うようになったのです」

「ロジスティックスですか」

「私も理解はできていませんが……。フォークリフトが産業車両に分類された昔は、生産現場で重いものを運ぶ役目だけでした。いまではロジスティックスと呼ばれ、物流管理を意味するよういなりました。考え方としては産業車両では、製造現場からの目線であり、ロジスティックスでは、消費者からの目線で生産から消費までをシステムとして考えるようになっています」

「英語ですか」

「英語というよりも、LOGISTICS の中に LOGICAL が隠された合成語です。特別に作られた専門用語です」

「どうもありがとうございます。あと10分くらいで到着します」

「こちらこそ、送っていただきありがとうございます。犬飼部長さんによろしくお伝えください」

原口に見送られて、道辺は新大阪駅に飲み込まれていきました。

　道辺が事務所に戻るまでミニキャリアバッグを一度も開けることがなかったのは、まだ、大阪の話し合いの余韻を引きずっていたからでした。新幹線の座席にうずくまりながらドラマの劇場版を見ているような時間が過ぎていきました。

　名古屋に着くと仕事を無事に終えた達成感と、名古屋に帰ってきた安堵感で、タクシーに事務所の住所を告げて目を閉じると、道辺は疲れを感じる間もなく寝入ったのでした。「お客さま」の声と共に目を開けると事務所の前にタクシーは横付けになっていました。

　ティーパック1袋を紙コップに入れて、水を注いで、いつものようにいつもの場所に置くと、いつもの日常が道辺に再び戻ってきたのでした。

　犬飼部長から渡されたサンプルオーダーのリストを鞄から取り出して目を通すと、サンプルオーダーは、1から8までの番号が枠に書き入れてあり、最後の欄は備考となっているダイヤスのロゴの入った注文用紙二枚に合計16点の部品が書き込んであるものでした。

　注文用紙は、ぞんざいな筆跡で書かれていましたが、1枚目には、FMP（Fast Moving Parts）使用頻度の高い補修用部品8点、2枚目には、EP（Essential Parts）主要部品、駆動部品、

油圧部品、制御部品８点で、プロの目線から選び抜かれた部品でした。

　FMT には、ハブシール（HUB-SEAL）、ホースプーリー（HOSE-PULLEY）、キングピン（KING-PIN）、タイロッド（TIE-ROD）、ブレーキシュー（BRAKE-SHOE）、サイドケーブル（SIDE-CABLE）、マスターシリンダー（MASTER CYL-INDER）、ホイルシリンダー（WHEEL CYLINDER）の８品目が書き込まれていました。

　EP には、油圧ポンプ（OIL-PUMP）、パワステモーター（PS-MOTOR）、ブースター（BOOSTER）、スイングアクスル（SWING-AXLE）、センターアーム（CENTER-ARM）、ナックル（KNUCKLE）、スターター（STARTER）、オルタネーター（ALTERNATOR）の８品目が書き込まれていました。トヨタ以外のメーカーのフォークリフト部品はすべてリストアップされていました。FTP NV のウエブサイトから JAPANESE のページを開いてリストアップされた部品の品番検索をすると、すべての部品は在庫されていました。

　昼休みの休憩を挟んだ短時間で、このリストが作成されたことで、道辺は大阪商人の転んでもただでは起きない根性と犬飼部長の慎重さと大胆さを併せ持つ性格を垣間見た気がしたのでした。

　ダイヤス商事は、トヨタの社外部品に関しては、輸入ルートをすでに 10 年前から確立していて、台湾と中国の業者の仲間内でもよく知られた会社に違いないと、道辺はサンプルオー

ダーの中身を吟味してそう思ったのでした。

　FTP NV もダイヤスも台湾と中国から仕入れていると考える
のが妥当だとすれば、犬飼部長の狙いは EP 部品に注がれてい
ることは疑いのないものでした。そしてそれは、意外にも道辺
の利害とも一致していたのでした。

　FTP NV SG に大阪のダイヤス商事の犬飼部長と FTP ブラン
ド部品の日本上陸に関しての意見交換をしたことと、犬飼部長
から事前に FTP ブランドの品質を調べさせてほしいとの依頼
があり、それを快諾したことと、サンプルオーダー 16 点を注
文されたことを、メールで FTP NV に報告すると、ダイヤス
商事との話を進めてほしいとの返信がありました。

　それは、道辺が待ち望んでいた返事でした。

　翌日の朝一番の電話の相手はダイヤス商事の犬飼部長でし
た。

　道辺は、海外と電話で仕事をしていた当時の生活習慣を引き
ずっていて、今でも宵っ張りの朝寝坊でしたが、たまたま早く
事務所に来ていたのでした。

「ダイヤス商事の犬飼です」

「お世話になります」

「トヨタの部品を 2 点、FTP で調べて頂きたいのですが」

「今からパソコンを起動しますので、部品番号がおわかりで

したら、ご一緒に検索しましょうか」

「お願いできますか」

犬飼部長が用意したトヨタの部品番号は、コントロールバルブの中のセクション（SECTION）でした。

道辺は部品番号を入力しながら、電話と同時進行してパソコンを操作したのです。

「販売価格を順番に答えます。67603-25080-71 は、28,000円 です。在庫はありますが、5日くらいかかります。67603-25090-71 は、33,000円です。在庫はありますが、5日くらいかかります」

「迅速な対応を感謝します」

余分な言葉を挟むことなく電話が切れても、道辺の耳元では残響音が漂っていたのでした。その残響音を打ち消すように、二つの部品を地元のトヨタディーラーで調べると、両部品ともメーカー在庫が1個しか残っていないという回答でした。

犬飼部長が直々にFTPブランド部品に狙いを定めて朝一番で電話をかけてきたことは、トヨタには各1個しか在庫がないことを事前に知っていて、在庫がなくなれば、次回の入荷は、特殊材料の確保を考慮すれば、早くて三か月、遅くて半年先になることを理解した上で、セクション2個をFTP NVで在庫しているか否かを確認する目的であったとすれば、すでに犬飼部長はFTPブランドの在庫情報を保険として利用しているこ

212

とになり、このことが、交渉を有利に進める決め手になる可能性があると道辺は気づいたのでした。

犬飼部長の朝一番の電話は、道辺にとって力強い援護射撃となったのでした。

「情報の価値は、理解できる者にとっては経験知となり、理解できない者にとっては通り過ぎてゆくだけの『絵に描いた価値』となります。経験知は時を超えて経験値になり、絶対的評価に結びつくのです」

犬飼部長がFTP NVブランドの在庫状況を保険として何度か利用すれば、無意識のうちに過剰な期待をFTP NVに抱き続けることになり、それが行き過ぎると、純正部品の在庫確認、在庫がない場合の予定納期の基本がおろそかになる危険領域に踏み込むことになります。包丁を一点の曇りもないように研ぎ澄まし、犬飼部長からの見積りと注文を捌くことが、犬飼部長が危険領域に入ることを止めることになると道辺は思ったのでした。

道辺の立ち位置が砂上になる新たな危険領域について思いを巡らしていると、犬飼部長から道辺に電話が入ったのでした。

「道辺さん、先ほど見積りして頂いたセクションの二つのうち一つを至急手配して頂きたいのです」

「では、サンプルオーダーにセクションを加えますので、注

文書をファックスして頂けますか」

「わかりました。よろしくお願いします」

　道辺には、セクション１個の緊急注文は、天の配剤だと思えたのでした。

　サンプルオーダーにトヨタ部品が全くないことになれば、FTP NV は、話を進めるのを躊躇するだけのインパクトを受けることになり、トヨタだけ「EP 部品」のみ１点となれば、お互いをプロとして認めることになり、トヨタだけ「FMP 部品」のみ１点となれば、サンプルオーダー全体が軽いものになります。あえて、「FMP 部品」を外すことで、この分野の危険領域を仄めかす効果が期待できると道辺は計算をしたのでした。

　サンプルオーダーの注文を終えると、道辺は緊張感から解放され、浅く微睡みながら夢を見ていたのでした。

　「甲子園のバッターボックスに道辺自身が立っていて、プレーボールの声と共に砂塵が舞い相手ピッチャーが投げ込んできた球は配球を無視した真っ向勝負のど真ん中より少し高めの直球です。道辺には、一瞬、球が止まって見え、『もらった』の声と同時に道辺のバットが空を切った直後、主審の『ストライク』の声がしたのです」

あの球にバットがかすりもしなかったのはなぜだろうと、道辺は夢の続きを彷徨っていたのでした。

　「スリーストライク、バッターアウト」という主審の声がどこからともなく聞こえた気がしたとき、道辺には、それが、意味のある言葉に思えたのでした。

　犬飼部長が、トヨタの「EP部品」一個をサンプルオーダーに追加したことが、FTP NV の急所を突いたものだとすれば、FTP NV から積極的な働きかけがあるはずだと、道辺は「ど真ん中より少し高めの直球」の次の球を予想したのでした。

　道辺は同僚の言葉を思い出していました。

　「連れ合いが不慮の事故で車椅子の生活となり、サラリーマン生活ができなくなって『一人会社』をスタートさせた同僚が、『あきない』の経験も無く路頭に迷っていたときに、手を差し伸べてくださったのは日本人ではなく欧米人でした。あなたは一生懸命あなたの家族を支えておられます。それだけで十分です。わたしはあなたを信頼します。

　『あきない』を私の方から始めさせてください。お願いします」

　欧米人の目に映ったのは、一人のみすぼらしい姿ではなく、一人の小さな巨人だったのです」

道辺は、どんな球にもバットを当てることができる「小さな巨人」になってみせると自分自身を鼓舞したのでした。

　FTP NV から、来月には日本を訪問する計画があるので、その際にダイヤス商事の犬飼部長との話し合いの時間を持ちたいとのメールが届きました。

　道辺は、いつもの悪い癖で、深読みを始めたのでした。

　「自分が行司役でダイヤスと FTP NV との『あきない』を取り仕切るとなると『従』に徹することが条件になる。『従』は透明になることではないのです。10 を 3 社で分けるときに、5：5：0 では成り立たない。『従』に徹することは、それによって 3 社が満足することです。『従』に徹すると、ダイヤス商事と FTP NV と道辺の比率は 4：4：2 となります」

　道辺は「従」に徹する決断をして、一歩引いて物事を見直してみると、今回の犬飼部長のトヨタの追加注文が値千金の価値のあるものだと容易に理解できたのでした。

　注文から 5 日後には、サンプルオーダーした部品が道辺の手元に届いたのでした。梱包されている段ボールを開けることもしないで、中身の部品の検品もしないまま、大阪に送ることにしたのは、道辺がそのまま送ることでリスクを最大限に回避

したい気持ちがあったからでした。梱包の破れ、油の滲みの外観だけでなく、部品そのものにも、一次的には、道辺商事としての責任は持たないことの意思表明でした。

　道辺は、さっそく犬飼部長に連絡しました。

　「予定よりも２日遅れましたが、サンプルオーダーが届きましたので、本日の宅配便で送ります。運送は着払いで発送しますか。元払いでしますが」
　「着払いでお願いします」
　「原価計算が楽になりますので、助かります。送り状はファックスします」
　「よろしくお願いします」
　「こちらこそ、よろしくお願いします。それと、大阪にFTPブランドの責任者を連れて行くことになりますが、よろしいでしょうか」
　「そうして頂けると、有意義な意見交換ができると思います。私の方から名古屋に伺ってもいいですよ」
　「ダイヤスさんの部品倉庫を見学させて頂きたいし……」
　「では、大阪で」
　「これから、具体的なスケジュールをFTP NV と打ち合わせをいたします。話し合いは、３週間から１か月後になりますので、その間に事前に知っておきたいことがございましたら、遠慮なく知らせてください」

「よろしくお願いします」

「全てをオープンに致します。このことは事前に FTP NV から確約を取り付けます」

「では、そのことは道辺さんにお任せいたします」

翌日に、ダイヤスの入庫係から入荷したとの連絡があり、その直後に、犬飼部長から電話がかかってきたのでした。

「犬飼です。サンプルオーダーが届きました。ありがとうございます。さっそくですが追加注文を予定しています。一両日中には注文書を送りますのでよろしくお願いします」

「了解しました。注文書を受け取りましたら、在庫確認をします。在庫がない場合は、リストから外します。それでいいですか」

「そうしてください。ところで、在庫がない場合は、バックオーダーでの注文は可能でしょうか」

「可能ですが、海外のことですから、予定納期は未定とお考えください」

「わかりました。これからもよろしくお願いします」

数日を経て追加のサンプルオーダーがファックスで送られてきました。

追加注文は、日立部品とヤンマー部品と欧米の LINDE と HYSTER でした。道辺は、犬飼部長の守備範囲の広さを知ら

された気がしたのでした。追加注文は、転用部品の裏メニューばかりで、販売できたとしても、年間に数個で、利益を見込めない部品を敢えて選び出した理由は、大阪での話し合いの中にヒントが隠されていると道辺は推し量ったのでした。

　在庫がない部品1点を除いて、追加のサンプルオーダーの注文を完了すると、道辺は3週間後のFTP NV幹部の訪日に向けての準備に気持ちを切り替えたのでした。

　まずは、サンプルオーダーが大阪のダイヤスに届いたことと、それから数日して、追加のサンプルオーダーをダイヤスから受注したことを、道辺はFTP NVにメールしました。全てのサンプルオーダーをダイヤス商事に完納した後に、犬飼部長に挨拶に行く予定であることを道辺がFVP NVの幹部にメールすると、FTP NVの返事は極めて積極的なものでした。

　追加注文が大きなインパクトをFTP NVに与えたのは間違いありませんでした。

　道辺は、大阪での話し合いの外堀を埋める作業に取りかかっていました。

　「話し合いは、相手があることなので思い通りにはいかないのが常で、英語を交えての話し合いとなると、誰もが緊張を強いられる。すべての項目を網羅し、結論の出ない中途半端な終わり方にならないように話し合いを中身のあるものにするのは

数時間の話し合いでは不可能に近いとなれば、FTP NV は、できるだけ多く売りたいがために『セールストーク』に縛られることになり、ダイヤス商事は中国や台湾からの輸入部品のルートを守りながら、ヨーロッパからの仕入れルートの立ち上げの大きな第一歩を踏み込むことに全神経を集中することになり、道辺は FTP NV とダイヤス商事との間に入り、ヨーロッパから日本までのルート中のボトルネックを所轄することの理解とサポートを得ることに集中することになる。

　FTP NV 本社から 2 名、FTP NV SG から 1 名のチームになるとすれば、実質的な交渉は FTP NV 本社の 2 名と犬飼部長が担当することになる。

　ベルギー人は、自らが旗を立てて進むことよりも相手を知ることに重点を置き、成果主義に流されるよりも成果に至るプロセスにウエートを置く観察力が秀でているのは、ベルギーが歩んできた歴史観が大きく影響しています。

　『聞いた百より見た一つ』

　ダイヤス商事の部品棚を見て回れば、ベルギーの担当者は、ダイヤス商事のことをおおよそ理解できて、実質的な話し合いを始めることが可能となる。話し合いの時間配分は、『従』の道辺商事が 1 割、FTP NV が 4.5 割、ダイヤス商事が 4.5 割の配分になります」

　道辺は不思議な夢の途中にいました。

「誰もがアガカギを持ち、『アガ、アガ』のかけ声と共に底に溜まった水を掻き出している古代の葦の船の中に乗っている夢の途中でした。『アガ、アガ』のかけ声を無限に繰り返すうちに、それが、時に『祈り』になり、時に『希望』になり、時に『購い』になっていったのです。やがて身体は次第に硬直し始めて、口を開けても声にならず、手足の筋肉も硬直し始めて、いつしか動かすことができなくなっていたのです」

道辺は、夢の続きを想像していました。

「葦の舟に三人が乗り込み話し合いをすると、外堀を埋める作業は、葦の舟を安定させるために風浪を防ぐことになり、三人のうち誰かが、葦の舟底にたまった水を汲み出す仕事に専念しなければ、舟は沈んでしまう。『従』に徹するということは、水のくみ出しをする役目だということになる」

追加注文の部品が届いたのは、予定よりも４日遅れでした。

「予定よりも４日遅れてしまいました。本日発送しますので、よろしくお願いします」
「海外からの荷物は予想外のことが起きますので、遅れたことはお気になさらないでください」
「恐縮です」
「来日の予定は如何でしょうか」

「来来週の予定です。犬飼部長との話し合いがメインとなります。今回の来日は、近畿、中部、京浜の順で日程を組むと思います」

「東下りですか」

「犬飼部長との話し合いがメインですから」

「そう言って頂くだけで励みになります」

「来日のスケジュールが決まりましたら、連絡いたします」

FTP NV からメール届いて、そのメールには訪日のスケジュールと大阪の宿泊ホテルの名前とロビーで待ち合わせて、一緒にダイヤス商事に向かうことが書かれていたのでした。

道辺は、決められた時間に確実に大阪に着く自信がなかったので、FTP NV 一行と同じホテルを旅行代理店に依頼して予約することにしました。その事を FTP NV に連絡すると、チェックインして夕食を一緒にどうですかと問い合わせがあったのでした。

道辺が快諾したのは、相手の話し方の個性を本番前につかんでおきたいのが半分と、自分の使命である間違いなく英語と日本語の橋渡しするために、自分の英語がどれだけ通じるのかの確認のためでした。

「英会話の 50％程度理解できているか、そうでないかがポイントとなります。50％以下なら、確証がないままの話し合いになり、結果としては、結論の出ない話し合いになり、お互い

に不満が残ります。

　50％ 理解できていると、聞き直すことも、別の英語で言い換えることもできて、結果としては、満足のいくものになります。

　日本人の無理のないレベルの英語でお互いに言葉を交わすことができれば、イントネーションとジェスチャーで言葉の障害を乗り越えることもできます」

　「新幹線に乗るのが、年に一度あるかないかの旅に慣れていない旅行者にとって、スケジュール通りに旅をするのは容易ではありません。旅慣れしている人のように臨機応変なスケジュール変更ができないからで、クスリだけでも、風邪薬、腹痛の薬、目薬、胃腸薬とカバンに詰め込み、いざ取り出す段階になると、カバンをひっくり返さないと見つけ出すことができないのは、鞄に取り出しやすいように詰め込めないからです」

　道辺も若いときから旅の途中で下痢気味になりクスリをカバンの中から取り出すのに時間がかかりすぎて旅が台無しになったことも度々で、「こんな所に入れてあったのか」が後からの常套句でした。

　大阪までの旅の不安が増幅し始めたとき、道辺に助け船を出してくれたのは犬飼部長でした。

　「道辺さん、朝早くから申し訳ありません。コマツフォーク

リフトのボールソケットの右と左を、至急ベルギーに在庫があるか調べていただけないでしょうか」

「いまウエブサイトを開きますから、少し時間をください」

「朝から探していますが日本にはなくて」

「部品番号をお願いします」

　道辺がFTP NV のウエブサイトの検索ページを開いて、部品番号を打ち込むとベルギーには右側も左側も共に２個以上の在庫があり、検索の際に必要個数を２個と入力するのは、１個の入手を確実にするためでした。

「在庫はあります。見積書をすぐにファックスします」

「助かります。こちらからも注文書を送りますので、至急手配ください」

　ダイヤス商事から注文書がファックスされてきたので、FTP NV にコマツのボールソケットを注文すると、不思議なことに、道辺の大阪旅行の不安は自然と消滅したのでした。道辺は、落ち着いて大阪旅行の続きを考え始めたのでした。

「東下りの場合、大阪１泊、名古屋途中下車、横浜２泊　東京２泊が今までの関空に飛来したときのスケジュールですが、今回は、大阪２泊、名古屋途中下車、横浜２泊、東京１泊の可能性があります。大阪と横浜で、合わせて４泊することで、

224

ダイアス商事との話し合いの結果次第でスケジュールを変更できる日程となります」

　電話の呼び出し音がして、道辺が受話器を取ると歯切れの悪い声が聞こえてきました。

　「先週、バックオーダーでお願いしました離席検知センサーですが、キャンセルをお願いしたいのですが」
　「確認しますので、ちょっと待ってください。……予定納期が130日で了解を頂いているセンサーですね。ディーラーにキャンセルできるか問い合わせをします」

　注文した部品は予定納期を120日も残しているので、まだキャンセルの余地は残っていると思いつつ、道辺がディーラーにキャンセルの依頼をすると、ディーラーからは、今年からは一切キャンセルができなくなったという返事でした。
　道辺は一つの結論を出す作業を始めました。

　「バックオーダーが120日の場合、ひとたび「キャンセル」を口にする人は、120日の間に数度はキャンセル依頼を繰り返す可能性がある。身勝手な理由を並べ立ててくるのは容易に想像がつく。強引にキャンセルはできないと引導を渡しても、運悪く121日目に入荷すれば、一日遅れを盾にとり納品を拒絶することもあり得るとなれば、リスクを背負っての120日は

避けるのが得策になる」

　道辺が出した答えは、注文はそのままにして、客からのキャンセルは受け付けるという在庫処理でした。

　道辺は小旅行の準備をしたままで、その日を迎えたのでした。新大阪駅からタクシーで、道辺がホテルに着いたのは夜になる少し前の20時30分でした。チェックインをすると、道辺はフロントからメモを手渡されたのでした。メモにはルームナンバーと名前が書き込まれていました。

　:Welcome to Osaka.

　:Michinobe-san, It's my pleasure to meet you again.

　:Pleasure is mine. I'm coming down to the lobby in a minute.

　:So are we. See you there.

　道辺が、ホテルのロビーにエレベーターで到着するのと時を同じくして別のエレベーターから長身の二人づれが到着しました。名古屋で話し合いをしたあの二人でした。しばらくして、エレベーターから降りてきたのは、アジア人の男性でした。二人とアイコンタクトをとっていたので、彼が FTP NV SG の担当者に違いないと、道辺は思ったのでした。
　すでに食事をするには遅い時間で、四人はお茶をしながら話

を始めました。

:Michinobe san, please explain what the Osaka Akindo spirit is all about. I'm so curious to know in what way their mindset is unique among others.

道辺は、まさか「商人」と、いきなり出くわすとは思ってもみませんでした。道辺は大阪での話し合いに対しての彼らの気持ちを熱波として受け止めたのでした。

:An interesting question! We have 3 types of Akindos.

They are from Kyoto, Osaka, and Tokyo.

Let's say we have a large round cake to share among us three.

It's only the Osaka Akindo who cuts it exactly into 3 same portions.

:Really? And may I know why and how?

:Because the Osakan uses a blunt knife, whereas a sharp knife by Tokyo and Kyoto. The blunt knife makes 1% of the cake crumble, thus leaving 3 pieces of 33%.

:Very philosophical!

:Quite thoughtful,isn'he?

:Sounds like a Zen teaching

:We have a saying worth knowing for our daily life

-Being unable to hit it right on, still you are not far off the mark.

　三人は、期せずして笑い始めましたが、FTP NV SG の中国系シンガポール人は笑いの輪には加わりませんでした。敢えて一言も発しなかったのは、日本語の読み書きができるが故の、中国系シンガポール人としてのプライドと本物の日本人を目の当たりにした気後れからなのだろうと、道辺は彼に同情したのでした。

　明日の朝、9時にロビーで待ち合わせることにして「顔見せ」は散会となりました。道辺はホテルの慣れない部屋に戻ると、今日のファックスやメールを思い出しながら、ベッドに横たわって時間を潰していると、いつのまにか日付が変っていました。空が白みかける頃に眠るのは、道辺がホテルの糊の効いたシーツで寝る場合には珍しいことではなかったのでした。

　ダイヤス商事に四人が到着したのは、朝の 10 時を少し回っていました。

　ダイヤス商事の社長は不在で、竹嶋専務と、犬飼部長の出迎えを受けたのでした。犬飼部長の先導で部品倉庫を見て回ることになりました。潜水艦の中のような細い通路の両サイドに部品の収納棚が規則正しく配置されていました。
　道辺は江戸時代から連綿と続く大阪の商人（あきんど）の風情を垣間見た

気がしたのでした。

「丁稚はぁん、お品をぞんざいに扱わんと丁寧に扱いなはれ」
「へーい」

　部品の説明は犬飼部長の独壇場で、時折列の動きが止まった
かと思うと笑い声が生まれていました。FTP NV SG の担当者
が時折通訳をしている様子でした。道辺は金魚の糞のように最
後尾にいたのは、通路が細長いこともあったのですが、自分の
主戦場はこの場所ではないと理解していたからでした。
　部品の収納棚の列を過ぎると、作業室があり、数名が出荷部
品の点検作業をしている最中でした。
　見学を終えると、案内されたのは本社ビルの三階の会議室で
した。テーブルにはペットボトルのお茶が配られていて、新し
く加わったのは、ダイヤス商事の海外事業部の若手の社員でし
た。
　FTP NV の一人がカバンからビデオカメラを取りだして、撮
影の許可を求めてきたので、犬飼がボディーランゲージで「OK」
を出しました。その場の雰囲気は、窓から光が差し込むように
明るくなったのでした。
　口火を切ったのは FTP NV でした。
　それは、意外なものでした。
　FTP NV が仕掛けてきたのは、コンテナ単位のフォークリフ
トの爪（FORK）の大口の売り込みでした。この切り口が、ダ

イヤス商事の力量を測ったものなのか、単なる成果主義を露骨に出したものなのか、道辺には見当がつきませんでした。

　道辺がどうしたものかと躊躇していると、竹嶋専務が落ち着いた口調で言葉を返したのでした。

　「本日は、社長が同席していませんので、コンテナ単位での取引は結論が出せません。検討させて頂くということで、ご理解ください」

　あえて社長を外すことで、社長の席を際立たせる大阪商人（AKINDO）の懐<ruby>懐<rt>ふところ</rt></ruby>の深さに道辺は驚嘆し、商いの深さの一端を垣間見た気がしたのでした。

　FTP NV の側からはフォークリフトの爪の諸元表とベルギー渡しの価格表を封筒に入れて「ご検討ください」の言葉を添えて、ダイヤス商事の竹嶋専務に手渡すことで、お互いにフォークリフトの爪に固執することはなかったのでした。

　次に FTP NV から出た「NIPPON DENSO」の言葉は、犬飼部長の唇がピクッと動いたほどの意外なものでした。それは、500 社以上あるトヨタグループの、上位 10 社に名を連ねる、世界最大級の自動車部品メーカーで、豊田自動織機にも部品提供しているデンソーのことでした。

　「日本電装」から「デンソー」に社名変更後も、海外では、Nippon Denso が定着していたのでした。FTP NV からは、デンソーの部品を多量に買い付けしたいという申し出がありまし

230

たが、簡単に乗れる話でないことは道辺にも容易に理解できました。

:Not a hope for us outside the Toyota group, I suppose.

その場の全員が緊張から解放された瞬間でした。

それから、話し合いは、サンプルオーダーの検証へと移っていったのでした。

FTP NV のめざすところは、社外部品としての FTP ブランドの好意的な評価でしたが、友好的な雰囲気のなかでも、犬飼部長の FMP（Fast Moving Parts）に対する評価は全て並でした。別の言い方をすれば、犬飼部長の話術は、のらりくらりの当意即妙であったのでした。

「社外部品は、品質が純正に極めて近いものから、純正とはかけ離れているものまで種々雑多であり、純正価格の９割を超えるものから、純正価格の２割未満のものまで販売価格の幅も広く、それぞれのレベルの部品にそれぞれに需要があり、固定客があります。全てのレベルの社外品が売れる必然性が確かにあります」

道辺の脳裏に一つの考えが浮かんでは消えたのでした。

「大きな経済不況の波が押し寄せたときに、生き残るために多くの人が安価なものに列をなすのは自然なこと。それで第一波は持ちこたえられても、第二波、第三波は持ちこたえられない。大不況下でも生きながらえることができるのは、『下』でもなく、『並』でもなく、『上』なのです」

　FTP NV 側は多量注文に結びつけたい思惑があり、ダイヤス商事側は在庫状況に合わせて必要となれば注文したい思惑があり、道辺の思惑はFTPブランドの品質を「並」から「上」に向上させることにあったのでした。

　思惑は三者三様、それぞれに違っていたのでした。

　「玉虫色とは、白でもなく黒でもない、右でもなければ左でもない、近くでもなければ、遠くでもない、目を開けているのに目映くて見えないのが玉虫色の正体なのです」

　:In order for us to make the FMP business between Belgium and Japan sustainable, we must expect top quality from you.
　:Are you suggesting that our FTP quality is not good enough for the Japanese market?

　犬飼部長が助け船を出しました。

:We are satisfied with FTP BRAND and expecting sustainable business also.

　ダイヤス商事側から道辺に新しい注文リストが手渡され、コピーがFTP NV 側にも渡されて、話し合いは友好裏に終わったのでした。

　お茶と和菓子が出され、しばし談笑していると、FTP NV の一人がカバンから１枚の英文の会社案内を取り出して机の上に置きました。

　そして、FTP NV SG のスタッフが日本語で犬飼部長に話し始めたのでした。

「わたくしたち　このかいしゃに　いくことができますか」

　会社案内の中で大きく書かれた　BRAKE PAD & BRAKE SHOE が道辺の目に飛び込んできたので、道辺が助け船を出しかけましたが、犬飼部長の声が先でした。

:Oh yes, I know this company in Osaka. Have you got an appointment with them?

:No, not yet.

:No problem. I'll see what I can do for you.

　言葉も終わらないうちに、犬飼部長は電話をかけるために会

議室を出て、しばらくして戻ってきたのでした。

　　:I'm afraid they're not available today.

　　:Well, thank you for your help anyway.

　　:However, Mr.Takaido, the vice president, will be there at 11:00 tomorrow. Would that suit you by any chance?

　　:Why not? In that case, we will certainly extend our stay overnight. Would you be kind enough to confirm that 11:00 o'clock meeting tomorrow please?

　　:Of course!

　道辺は、これ以上の長座は不要と思ったので、単身名古屋に帰ることを伝えて玄関まで行くと、前回の訪問時に新大阪駅まで車で送ってくれた原口が玄関で待っていました。

　「原口です。よろしくお願いします」

　車が走り出すと、原口は堰を切ったように話し始めたのでした。

　「外国のお客さまですね。どちらからいらっしゃったのですか」

　「ベルギー王国からのお客さまです」

　道辺が公式名で答えたので、びっくりしたのか原口の口が止まりました。

　一瞬の間をおいて、道辺の方から話しかけたのでした。

　「ブレーキ　ピーアンドエス　をご存じですか」

「ブレーキの修理とブレーキ部品の製造をされていて、本社は大阪です。工場は大阪と京都の間の茨木市にあります」

　原口の話しぶりから、犬飼部長と高井戸副社長は親しい間柄だと理解したのでした。これ以上の詮索は不要と思って、道辺は話題を変えたのでした。

「気分転換も兼ねまして、月に一度くらいですが、休みの日に中古車の展示場を回ります。狙いは雨の日です。雨の日は担当者に話をよく聞いて頂けるし、ご自分の話もなさいますから話が弾みます」
「この前の日曜日に中古車展示場の若者と話しをすることがありまして、車がお好きでこの仕事を選ばれたのですかと、挨拶代わりに尋ねましたら、車には全く興味がありませんし免許も持っていません。この仕事を選んだのは、多くの人と話ができて、多くの有意義な話も聞くことができるからで、5年くらいここで働いて転職する予定だと周囲を気にすることなく快活な話しぶりでした」
「僕の父は町工場で働いていました。工業油のにおいのしみ込んだ父の作業服が、僕は好きでした。
　部品を手に取ると微かに父のにおいがします」

　道辺は原口の心意気に目頭が熱くなるのを感じたのでした。
　原口は照れくささを隠すように話題を変えました。

「円高について教えてください」

「日本円と外国の通貨との交換比率が前日と比べてどちらに動いたかを指した言葉です。基軸通貨であるドルとの比較が標準となります」

「円高はいいことですか」

「日本は円安のメリットを最大限利用して戦後復興を立派に成し遂げました。確かに円安を享受できたと言えます。問題は、円高のメリットをどれだけ利用できているかと言えば、残念ながらお粗末としか言いようがありません」

「円安の方がいいのですか」

「日本が貿易立国であれば、大手総合商社から小さな輸出専門商社まで円安を享受できますが、円高を享受できるのは、大手総合商社だけです。小さな輸入専門商社まで円高メリットが行き届くといいのですが」

「何となく円安がいいように思えてきました」

「話は脱線しますが、江戸の敵を長崎で討つと昔から言いますが、思いがけない方法でしっぺ返しをするということです。江戸時代、金と銀の交換比率が３倍の違いがあり、外国人が銀を多量に日本に持ち込んで小判金貨と両替して持ち帰る金の多量流出事件がありました。１ドル360円の固定レートを利用して戦後復興を成し遂げたのは、江戸時代の敵を21世紀で討ったとも言えます」

「お気を付けて」の言葉と原口の視線を背に受けて、道辺は新大阪駅のなかに消えていきました。

　新幹線線の車窓の向こうにトラックが並走していました。法定速度で走行しているトラックはすぐに車窓から消えていきました。道辺は頭の中では同じ方向に走っていることはわかっているのに、トラックがバックスライディングしているような錯覚に陥ったのでした。

　平均時速200kmで走っているのに、風をつんざく音も、風圧も全く感じない新幹線の車窓からバックスライディングしているようなトラックを見ていると、道辺にある考えが浮かんできたのでした。

　「新幹線の速さが正しくて、トラックの速さが正しくないのか、高度成長が正しくて、マイナス成長が正しくないのか、なんて、所詮、政治家や学者や財界にとっての業界用語なのかもしれない。

　時代遅れだからこそ成り立つ『あきない』があり、マイナス成長だからこそ成長する『あきない』があり、少子化ゆえに役に立つ『あきない』があります。

　『あきない』は、千変万化であり、変幻自在なのです」

　列車がトンネルに吸い込まれて、車窓に一瞬映った自分の顔に道辺の思考の糸はプツンと切れてしまったのでした。

　トンネルを抜けると、トラックが走っていました。トラック

の車列は途切れることがありませんでした。そして、道辺はトラックの車列の向こう側を見ていました。

「トラックの車列が走る高速道路の向こうには工場を囲むように人家が並んでいます。そして、工場を囲む人家よりも遙かに遠い山裾には、看板もない無数の一人会社がそれぞれに日々の『あきない』をしています。

新幹線の開業以来、車窓から見る景色の中に変わらないものがあるとすれば、それは車窓から遠くの山裾の風景であり、一人会社の存在なのです。

一人会社こそ日本を支えている『小さな巨人』なのです」

事務所に帰ると同時に道辺の気持ちは仕事モードに切り替わっていました。パソコンを立ち上げてEメールを確認し、ファクシミリの受信に目を通して、今の時間での優先されるものから処理を始めたのでした。

優先順位の一番目は犬飼部長からの追加注文でした。カバンから大阪で受け取った注文に追加注文を加えて、FTP NV に発注が完了したのは、その日の夕刻でした。それから、逐次処理をしていき、道辺が事務所を閉めたのは、午後の10時を過ぎていました。

FTP NV の二人から道辺に電話が入ったのは、翌々日の午後でした。名古屋には立ち寄らないで横浜に直行したという説明

でした。

　道辺が「一を聞いて十を知る」には十分だと思えたのは、今回のFTP NVの結果としての名古屋外しは、遅かれ、早かれ、いずれそうなることを暗示していたからでした。

　「お互いの思惑と情熱が重なると、ものごとは一瀉千里に流れていく」

　道辺は、この流れは止められないと直感したのでした。

　FTP NV SGからも、ダイヤス商事側からも、話し合いの後からの逐次的な説明がないままに二週間が経たのでした。ベルギーの担当者もシンガポールの担当者も、既に帰国し通常業務に戻っているので、今回の話し合いは「会社訪問」の域を大きく超えたものにならなかったと道辺は理解したのでした。

　転機が訪れたのは、犬飼部長からの電話でした。

　「道辺さん、今回の注文は4日以内に納品が絶対条件です。今までの納期でギリギリ間に合いますが、確実に間に合わす方策が何かありますか」

　「ベルギーから日本までの空輸中は、なんともなりません。犬飼部長から早く注文を頂いて、FTP NV SGに早く注文をするしかありません」

　「そうですね」

「国内で時間を短縮する方法を考えてみます。入荷しましたらこちらから大阪までお持ちしてもいいです」

「それでしたら、こちらから取りに伺います」

「それにしても、確実に入荷してからのことになりますから、数時間の短縮になるだけです」

「それだけでも、ありがたいです」

「では、注文書をお待ちしています」

電話が切れた後、道辺は過去の一つの国内取引を思い出していました。それは、規格外の大きさの部品をどのように納品するかという難問でした。

メーカーから客先に直送することで解決したのです。

「今、注文書をファックスしました」

「わかりました。すぐに取りかかります」

「ありがとうございます」

「一つ方策があります」

「教えていただけますか」

「仕向地をセイブからダイヤス商事に変えることが可能です。その際は、セントレア着でなくて、関西国際空港着になります。結果として、今までよりも１日短縮できます」

「わかりました。是非、お願いします」

それは、FTP NV からダイヤス商事に部品を直送するトライ

アングルビジネス（三角貿易）でした。

　そのうちに、トライアングルビジネスの依頼が多くなり、3か月後には、ダイヤス商事の部品注文は全てトライアングルビジネスに移行したのでした。

　それから数か月して、FTP NV から正式にダイヤス商事と直接に取引できないかとの問い合わせが道辺に届いたのでした。道辺は、トライアングルビジネスを開始したときから、次のステップを予想していました。

　そして、半年後には FTP NV とダイヤス商事が直接に取引を開始することになったのでした。

　道辺は、税理士から決算報告を受けていました。

「300万円の赤字になります」
「前年度より5％売り上げは増加しています。若干の黒字決算を予想していました」
「300万円の赤字は間違いないです」
「そうですか」

　道辺にとっては。狐につままれたような決算報告でした。
それから、3か月後の消費税還付の仮決算報告でのことでした。

「300万円の黒字です」

「このまま単純に計算すると、1年で1200万円の黒字が出ることになりますが、部品の定価がメーカーによって決められていて、5％の粗利の『あきない』では、年間に1200万円もの利益が出るはずがありませんよ」

　「そう言われると、そうですね」

　道辺は、このカラクリを明らかにしない限り、大きな落とし穴が空いたままで決算を続けることになるとの思いを強くしたのでした。

　「消費税還付金は、還付請求を税務署に提出して、還付されるまでは、売掛金からも落とされて、買掛金からも落とされる『目に見えないお金』です。還付金が国庫から還付された時点で経理上『雑収入』で処理されるのが、落とし穴の正体なのです。『雑収』『雑損』の類いで処理される『軽いお金』であってはならないことに、税務署も税理士も目を閉じて耳を塞いでいるのです。

　消費税率が20％になることが避けられないとすれば、輸出型の商社で、とりわけ『一人会社』のように、資金力に限界がある会社が、公的な信用保証協会の審査で不利益を被るのは目に見えています。例えば、毎年同じような売上高と通帳残高（現金）を残している『一人会社 A』であっても、『見えない還付金』が原因で、今年は600万円の赤字になり、翌年は600万円の黒字を繰り返す『一人会社　A』に、信用保証協会が『優良』

と審査するはずがないのです。その査定を鵜呑みにする銀行の与信は、『一人会社　Ａ』に対して、限りなくゼロに近づくことになります。

　『見えない還付金』ではファクタリング(売掛金の早期現金化)もできない現実が野放しになっています」

　「消費税率が20％になれば、ファクタリングもできない消費税の還付金を数か月待つ間に、銀行の支援もなく資金が枯渇していく輸出型の商社に救いの手は届くのでしょうか。―否―」

　荒涼とした風景の中に一人たたずむ道辺の前に、目に見えない道が敷かれています。
　「あきない」の道です。

　道辺は、この世に生かされているかぎり「一人会社」を続ける覚悟を持って、高らかに宣誓したのです。

　「宣誓
　私は決して『あきない』を諦めることはありません。
　　　　　　　　　　　　　　　　　　　道辺路傍」

　「永遠に続くものは人が頂点に立つ世界には存在しないのです。物事は必ず始まりと終わりという形で自己完結するのです。一つ一つの取引が、点と点、線と線の不連続なつながりとすれ

ば、一つ一つの取引が終わる刹那には空白の時間があることになるのです。取引が終われば足音もなく去る縁を追わず、飄々として風と共に舞い込む新しい取引の縁を拒まないのが商いの道です。商いの道をひたすら求め続けるなら、商いの神様は必ず商人の足元を照らしてくださるのです。商いの道とは『あるがまま』を受け止めることであり、滅私して商いの神様に仕えることでもあり、お客様のことを思いやることでもあります。得べかりし利益を忘却し、淀むことなく流されていくことでもあるのです」

　皆さまとご一緒に、「一人会社」を見続け、見守ってきました。
　皆さまと共に過ごせたことを心より感謝申し上げます。

追 記

日本の英語力の世界的な評価は、「TOEFL スコアの国別ランキングでは、アジアの中では 30 か国中 27 位」

　この評価に疑問を投げかけるのは、私一人でしょうか。

　私は、50 年間の長きにわたり貿易実務英語と共にありました。コレスポンデンス英語とコミュニケーション英語を比較して、日本の英語力が底辺から抜け出せない壁を照らし出せたらと思いました。

　何かの一助になれば、幸せです。

This is Alameda Forklift in California. Mike Westfield speaking.

May I speak to Mr. Michinobe

「This is he speaking」

「When we have had your call, I was out of our office」

「I am very happy to have your voice」

「My understanding for your previous call is --- you are looking for importer of Japanese Forklifts --- am I right」

「You are right」

「We hope to buy forklifts from you and let us have your inventory」

「We have stocked Brand New Toyota Forklifts 1.5ton Gasoline 5 units」

「Fantastic ！ They are exactly what we need」

「We are going to send our offer by facsimile machine」

「Expecting your fax」

:Hello my name is Mike Westfield. I am from Alameda Forklift in California. I'm looking for Mr.Michinobe please?

:Speaking

:Oh there you are,Mr.Michinobe! How are you? I'm so sorry I couldn't take your phone call the other day.

:I am so glad that you return my call.

:Mr.Nichinobe, I assume the reason you called me is ---you are looking for an importer of Japanese forklift here --- Am I right?

:Exactly, Mr.Westfield.

:Happy to hear that, Mr.Michinobe,because as a matter of fact, we really are hoping to buy forklifts from you. Is it ok that you give us your inventory please?

:Certainly! We have some brand-new Toyota forklifts in stock right now. They are 1.5t-gasoline. 5 units.

:What a coincidence! That's exactly what we are looking for.

:Then I'll be more than happy to send you our offer by facsimile.

:How kind of you! I'll be expecting that.

「You may choose whichever you like going to Nagoya station or going direct to Hamamatsu city」

: I will be more than happy to bring you anywhere you want. Would it be

Nagoya Station or City of Hamamatsu? Do consider me at your disposal.

「Please ask him if he can sell them to us」

「You want to buy them, don't you?」

: To speak freely, yes.

Could you ask him if he would ever consider selling those lovely forklifts to us please?!

I see. It's so obvious that your eyes are fixed on those vehicles.

「They are not exporter」

「We understand but ---」

「You need a middle man, don't you ?」

「Can you help us」

「Yes, I can」

:They say export business is not within their job scope.

:We understand that but perhaps----

:Perhaps you are thinking some middle man could facilitate the deal, aren' t you?

:How do you guess that? So any chance you can help us out?

:Certainly, I do my best.

「Are you going to buy them with scrap ?」

「Mr. Michinobe, We are willing to buy them at reasonable prices」

「You are going to buy them higher price than we expect, aren't you ?」

「We hope so」

:Don' t tell me you are thinking to buy these scraps?!

:Why not? We are a willing buyer payingt a fair price.

:I' m sure the fair price in your mind is even higher than the one in their mind.

:Possibly. That might be the case.

「Please ask him if he deals with Toyota Parts also」

:Please ask him if he deals in Toyota Parts as well.

「He says almost impossible to meet your buying price」
「Anyway, please give us best price」

:He says he can hardly meet your target price.
:Well, I still insist that he just give us his best offer.

「Before going into parts business, we need your acceptance that you should consider our commission 5%」
「I confirm it」
「OK, we will go ahead」

:Before diving into the real-deal negotiation, we must have your agreement on a 5% commission to us.
:Ok, that's a deal.
:Thanks a lot. Now we are all set to press further the talk.

「We will accept 1 % giving you away」

「It means your commission will be 4%」

「Yes, it is」

「It is a great help for us under stronger Yen」

:I will give up 1% to you.

:But that would only leave you with 4%, wouldn't it?

:Yes obviously.

:Well, it's a great help for us considering the current strong-yen.

「We hope you will be able to accept 1% free agreement for」

「For what」

「All free from complaint for part damages」

「Please tell me more」

「99% of damages will be taken place on the way from Nagoya to your place。 Unfortunately they are unprovable」

「It is easy to say but it is difficult to make sentences」

「Gentleman agreement is enough for us」

「Alright, we accept 1% free agreement」

:I hope you understand what this 1% from us means to you.

:I'm not quite sure what it means.

:It means I want you to agree not to file complaints on damaged parts.

:Can you be more specific?

:Yes of course. My experience tells me that it is during the transportation from Nagoya to your place and the transportation alone where 99% of all the damages on the goods somehow occur. What's worse, nobody can prove when and how during the transportation.

:Well, that's a clear explanation but it is difficult to put it into a written rule between us.

:I don't ask for the rule in writing but only your good faith.

:Alright, the 1% is much appreciated. That's a deal in good faith.

「We were buying Mitsubishi Sprocket so many from you」

「Mitsubishi is going to offer Sprocket 15% more less」

「Unfortunately, we are unable to buy Sprocket from Japan」

「Is our price still higher than your target ?」

「Frankly speaking, we are buying it from China. Your quality is better than China. But we are satisfied with China price」

「Please let us have your China price」

「25 percent」

「---」

「We are buying Sprocket made in China at 25% of Mitsubishi List Price」

:We have been buying quite a lot of Mitsubishi sprockets from you.

:Yes of course you have and I can't thank you enough for that. By the way, the reason I call you today is that I want to inform you that Mitsubishi is going to offer a further 15% less-the-list-price.

:Glad to hear that. But unfortunately, we can no longer buy them from Japan.

:Is that because our price is still higher than your target?

:Frankly speaking, we are buying it from China now. The Japanese quality is better than Chinese of course. But we are still satisfied with their price.

:Mind telling me your China price?

:Of course not. 25 percent.

:--??????--

:It is 25% of the Mitsubishi List Price.

「Michinobe San, I want to come to Japan with my colleague」

「Welcome to Nagoya」

「I am in charge of exporting parts division and my colleague is in charge of importing parts. We hope to visit you」

:Michinobe-san, I' m planning to visit Japan with one of my colleagues.

:Glad to hear that. I can' t wait to see you.

:Let me tell you that I' m in charge of our parts exporting division and my colleague is in importing. We both would like to see you.

「Welcome to Japan all the way from Belgium」

「We thank you for your support to all of us. And it is our pleasure to have a meeting with Michinobe San today」

:What a pleasure it is to have you here half way
around the globe!!

:Michinobe-san! Pleasure is ours to have your support
half way around the globe!! You never know how much we
miss this very moment to see you in person.

「Please give us your secret policy for how to cope with
CHINA. --- Once upon a time, when USA coughs, Japan
catches a cold」

:Mind if I ask your policy on how FTP would devel-
op the business with China? I know it's confidential
though. I can't help asking because once upon a time,
we used to say when the USA got coughs, Japan would
catch a cold.

「I was much impressed by your web site and I am inter-
ested in E-Commerce Business」

:I am so much impressed with your web site that I'm
dying to know how I could possibly promote your E-Com-
merce here in Japan.

「I am going to offer your products to our customer and I read aloud pats number --- I hope to enjoy sales time with you」

「Sure」

:Please join me in my order taking procedure. I'll be offering your products to this customer on the phone and as always I state clearly the part numbers in his order. I hope you enjoy watching how I proceed.

:Sure thing!!!

「We have just received order for three items」

「Great」

:We have just received their orders for three items.

:Outstanding!

「Welcome to Osaka」

「Michinobe-San, It is my pleasure to meet you again」

「I am coming down to the lobby」

「We do also」

:Welcome to Osaka.

:Michinobe-san, It's my pleasure to meet you again.

:Pleasure is mine. I'm coming down to the lobby in a minute.

:So am I. See you there.

「Michinobe -san, please explain for me what Osaka Akindo Sprit is」

:Michinobe san, please explain what the Osaka Akindo spirit is all about. I'm so curious to know in what way their mindset is unique among others.

「We have Kyoto-Akindo, Osaka-Akindo, Tokyo Akindo」

「Magic show -

「Here is a perfect circle BIG CAKE 」

「 Only Osaka Akind can do cut perfectly for three」

「Kyoto-akindo and Tokyo Akindo do not cut perfectly for three 」

「Do you know why」

「Osaka Akindo cut by a dull knife」

「Kyoto Akind and Tokyo Akind cut by sharpened-knife」

「Very thoughtful」

「Too thoughtful」

「Zen questions and answers」

「We have a easy-to-use sentence that is ---Even if it does not hit on mark,it is not far」

:An interesting question! We have 3 types of Akindos. They are from Kyoto, Osaka, and Tokyo.
Let's say we have a large round cake to share among us three.

It's only the Osaka Akindo who cuts it exactly into 3 same portions.

:Really? And may I know why and how?

:Because the Osakan uses a blunt knife, whereas a sharp knife by Tokyo and Kyoto. The blunt knife makes 1% of the cake crumble, thus leaving 3 pieces of 33%.

:Very philosophical!

:Quite thoughtful,isn' he?

:Sounds like a Zen teaching

:We have a saying worth knowing for our daily life —Being unable to hit it right on, still you are not far off the mark.

「In order to be sustainable dealings of FMP between Belgium and Japan, we expect top quality」

「Are you suggesting that FTP BRAND is not enough quality for Japanese market」

:In order for us to make the FMP business between Belgium and Japan sustainable, we must expect top quality from you.

:Are you suggesting that our FTP quality is not good enough for the Japanese market?

「Yes, I know BRAKE P&S COMPANY in Osaka. Have you had a reservation for meeting ?」

「Not yet」

「I will be able to help」

:Oh yes, I know this company in Osaka. Have you got an appointment with them?

:No, not yet.

:No problem. I' ll see what I can do for you.

「unfortunately, we have no chance to meet today」

「Thank you for your efforts」

「You will be able to meet Vice President Mr. Takaido tomorrow at 11:00 to 12:00」

「We stay one night more at Osaka. Please make an appointment to see Mr. Takaido at 11:00」

「Sure」

:I' m afraid they' re not available today.

:Well, thank you for your help anyway.

:However, Mr.Takaido, the vice president, will be there at 11:00 tomorrow. Would that suit you by any chance?

:Why not? In that case, we will certainly extend our stay overnight. Would you be kind enough to confirm that 11:00 o' clock meeting tomorrow please?

:Of course!

あとがき

「お久しぶりですね。前回はいつでしたか」

「7年前です」

お店の雰囲気も、その方も、7年前と全く変わることがなかったので、まるで7年前にタイムスリップしたかのようでした。

7年前の足の記録簿を参考にして、7年ぶりに靴を新調しました。日本製ドイツコンフォートシューズ「グーテヴァール（gute wahl）」の靴です。

その方も「一人会社」の経営者で、「マスターオブシューフィッティング」に認定されています。

「あきない」を書き終えて、巡航速度（採算が取れるようになる）を遵守し、際立たず、軽々に動かず、流されず、正面を向いて日々の「あきない」を持続されている多くの「一人会社」の経営者の方々に心から敬意を表すると共に、「あきない」が些かなりとも応援歌の役割を果たせることができましたら、幸せでございます。

9月吉日

にしたけし

TOYOTA　2FD25
ヒンジドフォーク仕様

写真：株式会社豊田自動織機提供

　株式会社豊田自動織機が 2FD25 の販売を開始したのは、今から 50 年
前です。すでに安いだけで日本製品が売れる時代ではありませんでした。
　2FD25 は、先見性を備えたフォークリフトでした。
　ドライバーの安全を守るためのピラー方式の頑丈なヘッドガード。
　リフトウーマンの道を開くパワースティアリング。
　オペレーターの心労を軽くする安定した走行性。
　次の省エネ時代に適合した名車でした。

あきない

2023 年 9 月 24 日　初版第 1 刷　発行

著　者　にしたけし

発行者　ゆいぽおと
　　　　〒 461-0001
　　　　名古屋市東区泉一丁目 15-23
　　　　電話　052（955）8046
　　　　ファクシミリ　052（955）8047
　　　　https://www.yuiport.co.jp/

発行所　ＫＴＣ中央出版
　　　　〒 111-0051
　　　　東京都台東区蔵前二丁目 14-14

印刷・製本　亜細亜印刷株式会社

　　　　　　　　内容に関するお問い合わせ、ご注文などは、
　　　　　　　　すべて上記ゆいぽおとまでお願いします。
　　　　　　　　乱丁、落丁本はお取り替えいたします。